中公文庫

三の隣は五号室

長嶋　有

中央公論新社

第一話　変な間取り

変な間取りだと三輪密人(みわみつと)はまず思った。右手には煙草を、左手には汚れたブリキの皿を水平に持ちながら。

内見はせず、間取り図もろくにみずに決めた部屋だ。もとより住む場所へのこだわりはない質(たち)だったが、からっぽの和室に立ち、しばらく周囲を眺め尽くした。煙草を吸い、皿に灰を落とす。皿は外の、隣室の扉の脇に落ちていた、植木鉢の底に敷くらしいものを勝手に拝借した。こんな間取りで、どのように暮らすかな。

密人が部屋の間取りの使い方について思案したのは、運送会社が荷を運び入れにやってくるまでのわずか一時間ほどの間だった。間取りを気にすることなどできないほど大量の荷が運び込まれ、部屋のほとんどがそれで埋まる——天井近くまで段ボール箱が積み上げられる——と、間取り自体を見渡せなくなった。

三輪密人は82年から83年のおよそ一年間を第一藤岡荘の五号室に暮らしたが、室内にいたほとんどすべての時間、煙草を吸って過ごした。初日に拾った皿は以後も灰皿として常用された。

変な間取りだと四元志郎（よつもとしろう）は三輪密人よりもはっきりと思った。荷運びを手伝ってくれた会社の同僚たちは会社が貸してくれたトラックで帰ったところだった。一人で部屋の真ん中に立っていた。特に多いわけでもない荷解きをするつもりで白い軍手をはめたが、不意に思い至ったのだ。

不動産屋に間取り図を覗かせてもらったときは変だと思わなかった。六畳と四畳半の和室。それぞれに一間（いっけん）と半間の押し入れがある。それに台所と、風呂とトイレ。

暮らすのは半年間のことで、寝に帰るだけになるだろうとは思いつつ、新築だが狭いマンションタイプではなく、部屋数の多いアパートを四元志郎は選んだ。

縦長の五号室を俯瞰（ふかん）して大きく三分割してみたとき、奥が六畳間、真ん中が四畳半と台所、手前が玄関とトイレと風呂と分けられる。真ん中の四畳半の、三方が障子に囲まれているのが変なのだ。障子はそれぞれ奥の六畳、右手の台所、手前の玄関につづく。

内見したときは変だと感じなかった。（いまどき障子ってのは風情があるな）ぐらいに思っただけだ。神戸市郊外に購入して間もない戸建て住宅にも、和室は一部屋しかなく、それも障子戸ではなかった。子猫のころのハナコがここにいたら、すべての障子に存分に立ち向かい、すべてをすぐに引き裂いて廃屋のようにしてしまったろう、とも。ハナコは紙が大好きだから。

「六畳、四畳半、キッチン三畳」と契約書にはあるが、それと別に「玄関の間」とでもいうべきスペースもある。玄関の間の右手にはトイレ、左手は風呂と洗濯機置き場。玄関からみると、ノブのついたドアと障子が横に並んでみえる。

右のドアを開ければ台所（左の障子は四畳半に続く）。台所に入ると、左手にも正面にも障子。左を開ければ四畳半で、正面は奥の六畳間。

最後の六畳間に入ってふりむけば、一面が四枚の障子戸で、その右側を開ければ四畳半。左を開ければ台所に戻る。

つまり、この家にはいくつかのルートがある。寝室と定めた六畳間から、志郎が家の外に出るためには

①六畳→台所→玄関。
②六畳→四畳半→玄関。
③六畳→四畳半→台所→玄関。
④六畳→台所→四畳半→玄関。

四通りの行き方があり、つまり外に出る前からもう「寄り道」ができる。

（どうでもいいことだが）思いついた側からそう感じた。台所への障子をあけ、水道の蛇口をひねる。同僚たちにおごった定食屋の沢庵がしょっぱかったのだ。やかんを探してお茶を、と思いかけて、水をそのまま飲んだ。

どうでもいいとか、どっちでもいいというつぶやきは、この部屋にいるときの志郎の基調になった。なにしろ半年だ。

ここに身を置くのは単身赴任で半年だからと思うことで、この家での暮らしを快適にしていくとか、より良くしていこうという意欲は生じなかった。

朝、玄関で靴をはくとき（どうでもいいんだ）と必ず思った。靴べらは床に置きっぱなしで、朝必ず使い、必ず置く。置く際に一瞬ためらって、そのつぶやきを思ってから置いた。玄関脇の靴箱に釘をうち、靴べらをかける工夫をすればいいのだが、そういうことをしてしまうとなんだか単身赴任が「半年」ではなくなっていく気がした。家の暮らしと自分の赴任期間は無関係なのだが、退廃しているといえるくらいの（どうでもよさ）を保持していないと、もし長引いた時に傷つくように思えたのだ。

単身赴任は九ヶ月で終わった。第一藤岡荘五号室に居住した83年から84年にかけての間、四元志郎の暮らしぶりが、そのようにやさぐれた「どうでもよさ」ばかりに囚われたわけでは、必ずしもなかった。だが、平日朝、靴べらを使う際の一瞬のためらいを感じなくなることも最後までなかった。

変な間取りだと五十嵐（いがらし）五郎（ごろう）も思ったが、頓着（とんちゃく）はしなかった。引っ越してすぐ、全部で八枚ある障子のうち四畳半の三面を囲む六枚をすべて取っ払ってしまった。障子は、四元志郎が「玄関の間」と呼んだスペースの、洗濯機置き場の脇に置いた。すべてあわせるとけっこうな分厚さとなった。

障子を取り払ってみても特に広々とした印象をもたらさなかったが、五郎は工夫をしたことに自己満足を得た。玄関と台所の板の間と、畳との間には障子の敷居が段差を作っていて、柱が一本むしろ存在感を増すことになった。柱は真ん中の四畳半の一端にあるもので、台所と四畳半の面に、五郎は日めくりカレンダーをとりつけた。四畳半からも台所からも日付がみえれば、障子を外すという我が工夫に、さらなる甲斐が見いだされる気がしたのだ。

奥の六畳を寝室に定めたのは深夜ラジオを聞くためだ。少しでも電波を拾える窓際にラジオを置きたかった。ラジオ受信機から伸びる棒状のアンテナでは満足せず、休日の秋葉原で部品を調達してアンテナを自作した。

ラジオ雑誌に掲載されていた遠距離受信用ループアンテナは、巨大なトライアングル（楽器の）を思わせる形状だった。本当は藤岡荘の瓦屋根にそれを寝そべらせるように取り付けたかったが、屋根にのぼるための運動神経が自分にあるとは思えず、断念した。巻いた銅線を樹脂の細いパイプに通した、一辺が一メートル近くある巨大な三角の頂点を、窓の上に一本だけ渡してあった物干し竿に針金で吊るしたが、風で揺れて窓をかしかしと叩くため、下の二ヵ所も太い針金で窓の桟に止め付けた。あるときアマチュア無線の仲間が来訪し、六畳間に通されたが、窓の外の巨大な三角のシルエットに脅えた。

「なんだよ」台所からの障子を開けて紅茶を運んできた五郎に、座布団に正座の仲間は質問をしなかった。あの窓から透けている三角はなんだと。だが五郎は表情で察した。

「あれはな、宇宙人を呼ぶアンテナだ」真顔でそういって紅茶を差し出す。ソーサーに律儀にのせてある角砂糖を仲間は、それもおっかなそうにつまんだ。

「冗談だ」

五十嵐五郎は84年から85年半ばまで五号室に暮らしたが、わずかに太陽光の射し込むこの窓を開けることはほとんどなかった。洗濯物はすべて玄関の外の物干に干した。アンテナを固定する針金は経年で錆(さ)び、引っ越しの際には軍手でねじってもほどくことができなかった。ペンチで切り落として残った三ヵ所の針金を気にとめる者は、五郎から四代後の住人まで現れなかった。

変な間取りだと六原睦郎(むつはらむつろう)・豊子(とよこ)夫妻も思った。六畳と四畳半の和室。それぞれに一間と半間の押し入れ。台所と、風呂とトイレ。二人の「変な」という気持ちはかつて四元志郎が感じた部屋の配置に対してではなく、もっぱら狭さに対して抱かれた。たしかに藤岡荘の部屋は広いとは到底いえない、寸詰まりな中に機能的になるように仕切りを設け、無理が生じている。ただでさえ狭い上に部屋と部屋を隔てるのが壁だと圧迫感があるから、二人とも障子囲みに納得はしたものの、前の家で用いていた家具で、四畳半と「玄関の間」の障子はふさがれた。

高層マンション型の公団の完成までの仮住居のつもりだった。都心で経営していたクリーニング屋を畳むと同時に土地ごと売った。地上げ屋が幅を利かせるようになる前だが結構な金額を得て、老後に不安はなく、ここよりもっといいところに住めることはたしかだった。

狭さには閉口したものの、陰気な木造モルタルに、暮らしてみればみたで特に文句はなかった。二人ともに戦争前から貧乏して、安普請（やすぶしん）の長屋に大家族で暮らしてきたことを思い出せば陰気な気持ちになることもないどころか、その狭さには懐かしささえ感じるようになった。壁の薄さゆえに漏れ聞こえる隣家の音も、若いころの生活を思い出させ、不快に感じなかった。いろいろ工夫してきたし、分けあって生きてきた感覚が、障子を開け閉めするたびに思い出された。六畳間に布団を並べ、四畳半にテレビと座卓が、脇にはポットが添えられ、台所の冷蔵庫のそばに電話台が、その上にレース編みのカバーをかけられた電話機が置かれという具合に、二人の生活の動線はテンポよく定まっていった。二人が別々の部屋を持ち、それぞれ個人の空間を持つということをお互いに考えもしなかった。二人は同じ「文藝春秋」の違うページを読み、同じクイズ番組の中の異なるタレントを内心でひいきにした。そんな風にして同じ家にいた。

「開けたら閉める！」息子達が小さかったころ、戒め続けたせいで、むしろ自分が暗示にかかったように睦郎の障子の開け閉めは律儀に強すぎ、ここでは豊子にしばしばたしなめられた。音が響きます、と。それでも開けっ放しにすることはなかった（開けたら閉めろ、だからだ）。

もうすぐマンションに住むのです。見栄もあり、初めのうち睦郎は機会あるごとに隣人に——ときには郵便配達にさえ——吹聴していたが、豊子は別にここで暮らし続けてもよいと口に出さずにただ思っていた。当たるとなぜか思っていた公団の抽選に、二人は外れた。睦郎の落胆はしかし長くは続かなかった。

豊子が病気になったからだ。肝臓の腫瘍で、入院するなり大手術をした。たまたま駅前に、開院から数年もたっていない新品みたいに綺麗な大病院があり、徒歩で通院できたことで、ここが終の住処（すみか）になって構わないと睦郎は思った。転移の可能性を含みつつの通院が続いたが、そのころには藤岡荘の住人は家族ではなく単身者が増えており、近所の人との会話の機会も減り、それゆえに見栄をはる必要もなくなっていた。豊子が亡くなり葬式をすませ、息子夫婦に引き取られるまで、六原睦郎は85年から88年までを五号室で暮らした。引っ越す日に、すっかり空になった部屋の障子を最後に閉めたら滑りが思いのほか良く、ぴしゃりと大きな音を立てたのを耳にして、たしなめてくれる妻の不在が睦郎の耳から身体に抜けるように意識された。第一藤岡荘五号室の歴代全住人の中で、睦郎は障子（玄関と四畳半の間のものを除く）をもっともひんぱんに開閉した。

変な間取りだと七瀬奈々（ななせなな）も思った。間取り図のコピーをもらったときは変だと思わなかったのだが。六畳と四畳半の和室。台所と、風呂とトイレ。奈々には必要十分だった。間取りの中央の四畳半は三方を障子に囲まれていて、それぞれ六畳、台所、玄関に続く。内見したときには変だと感じてもいた。障子ハウスだ、と。しかしすぐに（障子ってむしろ清潔な感じかも）などと気を取り直した。予算も決して潤沢ではない中、広さだけで決めたのだ。古い木造というのも実は気に入った。前の鉄筋では結露に悩まされた。三角の湿気取りをいくつ置いても無駄だった。ここなら洋服の黴（かび）について悩まずにすみそうだ。前のマンションで駄目にしてしまったワードローブの中身の数々を思い、胸が痛んだ。

気に入ったというのは嘘ではなかったが、そうではなく捨て鉢な気持ちでもあった。トレンディドラマの中の女優達はフローリングの床と熱帯魚と間接照明に囲まれていたが、三十歳をすぎて恋人との同棲を解消したばかりの、まるでトレンディではないどころか背中に矢の刺さったままの落ち武者みたいな今の自分は、築年も古い木造モルタルでひっそり暮らすのが似合いだと。

持ってきたベッドは真ん中の四畳半に置くことにした。むろん、ベッドだけでほぼふさがってしまう。脇にドレッサーを置いたら半間の押し入れも開けにくくなるが構わない。搬入のとき、引っ越し業者の若者は入口で「さあて」というおどけた態度で、両腕を腰にあててみせた。分解できないセミダブルだったのだ（そのサイズについて、なにか嫌らしい目でみられたり軽口を言われたりしないかと、やや警戒もしたのだが、内心はどうあれ表立った態度には出してこなかった）。

「入りませんねえ、これきっと」若者は奈々の方を向いた。二階の玄関前まで運んできながら、さっぱりした口調に少し驚く。

「そんな」引っ越し前の見積もりにきた男は間取り図のコピーのあちこちに鉄の定規をあてて大丈夫と言ってくれたのに。やりとりが聞こえたらしい、路上のトラックにいったん戻っていたもう一人が鉄階段をあがりながら「入る入る」と請け合った。

「ぬわに？」という若者のおどけた相槌からは、仲間同士、気心が知れている気配を感じとれた。

「入らないと困るんですけど」奈々はいった。何も運んでいないのに、自分も汗をかいていると思いながら。奈々はこれが人生で三度目の引っ越しだった。田舎から出てきて大学に通うための最初の引っ越しと、就職して恋人と出会い、同棲した際の引っ越しと、今回とで感じていた違いが、不意に分かった。

過去二回の引っ越しの際は年長だった引っ越し業者の男たちが年下になっている。いずれの引っ越しにやってくるのも、家具や、本の詰まった段ボールをすいすい運ぶ能力を有する、屈強なる男達であることに変わりはなく、そこでの奈々は常に、所在無さげに立って見守ったり指差したりするしかない。引っ越しの荷運びは、自分自身のことなのに、他人事のようにふるまわざるを得なくなる。そういった点は過去二回のと変わらないのだが、「うそー?」と無邪気に響いた男の声音の幼さで、異なる心の地平に一瞬だけ立たされた(他人事ではなかったと当然のことを思い出した)。

ベッドを縦に起こすだけでは駄目で、外廊下の手前の柵に胴体を載せて半分空中に出し、あらかじめ開け放した玄関に差し込むやり方で、なんとか入るだろうと二人目の男は見解を述べた。

「お願いします」奈々は改めていった。別に由緒あるものでもないが、奈々の買った物品の中でも高価なものだったし、捨てたりしたら前の暮らしをすべて否定することになる気がして、意地で使い続けると決めたのだ。

「えー、でも、ギリだよ」

「うん、とにかくやってみよう」外廊下の鉄柵の頑丈さを手で確かめ、毛布をかぶせてから、ベッドは持ち上げられた。ベッドの胴体の一部は毛布の上に載った。室内にいるべきだったのに、奈々は外廊下で見守る形になった。ベッドがすべて飲み込まれて、障子かドアまで達しない限り、二人を追い抜いて室内に入ることはできないから、どこに置くかの細かな指示を出せない。

仕方ない。(重そうだ)また他人事のような目に戻って奈々は、玄関扉の奥にゆっくり飲み込まれるベッドを外廊下から見送った。玄関扉の縦幅とベッドの横幅もギリギリで、数センチずつ繊細に動いていくのが分かった。

ベッド本体が半分ほど玄関に挿入されたところで振り向くと、向かいの第二藤岡荘の、一階に住んでいるらしい女が、下から作業の様子を見上げていた。赤ん坊をだっこしている。

目が合い、上と下でお互いに会釈をした。やや濃い色の肌。不思議な服。東南アジアの人？ いわゆる「ジャパゆきさん」だろうか。自分の方が新参者なのに、少し警戒するような目でみてしまったかもしれないと奈々は後で思った。あのとき警戒していたのは向こうだったかも、とも。見下ろしたその瞬間は、ここはなんて暗いんだろうと感じた。午後の三時で、まだ夕暮れという時間でもなければ、空が曇っていたわけでもないのに。

このときに感じた暗さが、奈々のこの時代の基調になった。なにかの折りにそういえば藤岡荘では、と思い返す際、雰囲気ではなく光量の意味での暗さが、必ず記憶の中の景色の光量も落とす。恋人と別れた直後の気持ちの暗さも加味されているだろうと、むしろ藤岡荘や街をかばうように思ってみたりもしたが、そうではなくて暗い街だった、と自分自身に対して反駁（はんばく）も浮かぶのだ。

奈々は88年から91年までをここで暮らしたが、五号室の、六畳ではなく四畳半の部屋にベッドを置いた住人は後にも先にも彼女だけだった。その四畳半もまた暗かった。奥の六畳に窓があったがそれは西向きで、窓の外は隣の一軒家の壁があったから、当然、日当りが悪く常に暗いのだったが、それが家のせいではなく街一帯のムードだという気が、やはり奈々からは拭えなかった。

六畳の窓にはカーテンをつけた。だが誰に覗かれる心配もなく、いつからかカーテンは開けっ放しになった。朝になると六畳と四畳半とを隔てる障子がうっすら白い光をたたえ、その明かりで奈々は目を覚ました。起き上がっても六畳には行かず、脇の障子を開けて台所に立ち、朝食を作る。六畳間は、キャスターつきでスチール製の安価な洋服かけが幾台か並ぶ、洋服を取りに入るための間となったが、目を覚ますための光を投げかけてくるだけの巨大な（くせに、せいぜい目覚まし程度の役にしか立たない）装置のようにも思っていた。

八屋（はちや）リエも変な間取りだと思ったが、そのことに感心したり変さを味わったりということはせず、すぐに普通の間取りに近づけようとした。具体的には四畳半に三ヵ所ある障子のうち、六畳に続く障子二枚だけを外し、そのことで二部屋を一つの部屋とした。外した二枚は玄関との間の障子に立てかけるように重ねた。そうすることで玄関↓四畳半の出入りはできなくなるが、構わなかった。玄関からの出入りはドアに限定することに決めたのだ。

八屋リエだけでない、三輪密人も四元志郎も五十嵐五郎も六原睦郎夫妻も七瀬奈々も、現時点で登場していない他の住人たちも多くはもっぱらドアノブを回して室内に出入りした。女性達は郵便配達などに室内を覗かれることを厭うたし、男性達も無自覚に、玄関から近い入口を選んだ。

リエが希望したフローリングのワンルームは両親に却下され、上京した際に親が泊まっていけるという理由で無駄に広くてボロい部屋になった。ならば、両親の泊まることになる部屋と自室とをはっきり区分けしてしまおうと考えたのだ。二人が上京したら、そのときだけ外してある二枚の障子を元に戻せばいい、と。

リエは六畳間に注力することにした。六畳にぴったりのカーペットを敷き、その上にスチールパイプのシングルベッド（それは引っ越し業者の手を少しも焼かせることなく、男一人の手でスムーズに搬入された）を置いた。

大学生になったら都会で一人暮らし、そして一人暮らしといえばベッド！　ベッドはリエの憧れだった。大学受験勉強の徹夜続きの際に抱く夢想において、ベッドは目的達成の象徴として「意味化」していた。ついにかなった念願のベッドだったが、マットレスの上には実家から持たされた敷き布団も敷いた。

「カーカキンンキンカーキンキン」憧れのベッドに初めて寝そべり、アルバイト情報誌のCMソングを口ずさみながら買っておいたアルバイト情報誌をめくってみたが

「………」四角く区切られた求人募集の、細かく書かれた要項を眺めているうちに怖気(おじけ)のようなものを感じて起き上がった。リエは高校時代の郵便局のアルバイト（それも年賀状の時期だけ）しか働いた経験がなかった。

気を取り直し、暗い砂壁の一部にマイケル・J・フォックスの『ティーン・ウルフ』のポスターを貼り、長押(なげし)と天井の間に気に入りのレコードを差し込むようにして飾った。プレーヤーは実家に置いてきたので、それらの盤を聴くことができない（すでに新譜はCDしか買わなくなっていた）のだが、陰気な部屋なので飾るつもりで持ってきたのだ。できるなら明るい壁紙を貼りたい。家電も家具もイメージを統一したかったが、親からの仕送り額ではすぐには到底揃えられないことは分かっていた。

それに、引っ越したその日、六畳間の長押にレコードを飾ってみた瞬間、むしろリエは分かってしまった。自分で稼ぎ、自分で買うようになったらますます実感の深まること——店で素敵と思った服や物品が、家に持ち帰ると褪(あ)せてみえる——を、いきなり把握さ

せられたのだ。

素敵でない家はなにを飾っても、素敵にならない。目を落とせば憧れのベッドにカーペットで、少しはマシだった。ここで暮らす時は、なるべく天井を見上げるのはやめようと思った。

段ボールから取り出したアルマイトの鍋とやかんの鈍い輝き(それも実家から持たされたもの)こそがこの家に似合っている。前の住人が四畳半に残していった照明を外すかどうか迷った。祖父母の家にさがっていたような和室用の蛍光灯。紐をひいてみると、上下に連なった二重の蛍光灯が点灯したが、少しも部屋を明るくしたように思えなかった。91年から95年三月の大学卒業まで暮らした八屋リエはそれを捨てないどころか蛍光灯を一度取り替えて使い続けた。

変な間取りだと二瓶敏雄・文子夫妻は思わない、どころかそれを機能的で合理的だと率先して評価した唯一の住人だった。

それまで暮らしていた社宅との比較によるものだった。瓦屋根、木造モルタルの外見から長屋風の中身を思っていたが、ずっと上等だ。部屋の区分けも、一間と半間と二部屋に分かれた押し入れも、狭さの中で最大限に考えられている。板張りの台所はむしろモダンで、風呂はバランス釜だ。まだまだ砂壁も黒ずんでなく、陰気さを感じようはずがなかった。そしてトイレは水洗だ。互いの田舎のも、前の社宅のそれも汲取りの「便所」という風だったから、初めてカタカナでトイレと呼べる家に住んだことに感激さえあった。

　社宅の建て替えで、会社が探してきてくれた仮住まいのはずだったが、越して間もなく文子の懐妊がわかった。室内が障子で細かく隔てられていることが、これから続く暮らしや育っていく子供と自分らにとって有用に思われたことはたしかだが、敏雄も文子も互いにそのように言語化したりはしなかった。無論、障子が「清潔」とか「風情がある」なんてこともいわなかった（そんな価値観は当時はまだ云々されなかった）。

　藤岡荘の隣も向かいもこのときまだ梨畑だったが、駅近くには商業施設を含んだ大きなマンションの建設も始まっていた。総合病院の建設予定もあり、このへんはこれから栄えこそすれさびれることはないだろうと夫の敏雄は踏んでいた。

　文子の出産は四畳半で行われた。もうお産は産院ですることの方が多い時代だったが、文子の母が産婆を連れて田舎から上京したのだった。歯のない口でフガフガと喋る産婆（おりん婆さん、と敏雄は心中でつぶやいた）にどうやら「お湯を沸かせ」と繰り返されていたらしいことに気付いた敏雄は、（産湯を用意するという知識はあったのに）あわてて障子を開けて玄関に出てしまい、ドアノブを回して台所に向かった（綺麗なUターンだ）。

　二瓶夫妻の息子はこの五号室で生を受けた唯一の存在だった。産声が五号室に響き渡ると、文子の母がもっとも満足げに頷いた。天井を見上げてから、跪いて赤ん坊を見守る義理の息子の肩をたたき、あんた、ちゃんとしたの買えさ、と指をさした。

「今時、田舎でもちゃんとしとうよ」子供も生まれたんだから裸電球なんかよして、いい照明を買えさ。買う買う。これから、我が子を照らす明かりだ。一番いいのを買う。

新たな社宅に入らず、二瓶一家は70年から82年までの長期間、第一藤岡荘に暮らし、もっとも馴染（なじ）んだ。


九重久美子（ここのえくみこ）以後の住人も皆、変な間取りだなあと多かれ少なかれ必ず思うようになっていった。

不動産屋が間取り図のコピーを気軽にくれるようになって、さらにコンビニでそのコピーをとって家具の配置図を書いてみたりして、つまり自室を俯瞰して捉えることが出来たし、もちろん住む前に内見をしたにも拘わらず、引っ越してみてやっと、変だなあ、と、昼でも暗い真ん中の四畳半で九重久美子はしみじみと腰に手を当てた。暗いのは日当りのせいばかりではない。砂壁が黒ずんでいるせいもあるだろう。煙草を吸いつづけたヘビースモーカーの住人が過去にいた。そうでなければ室内で煮炊きの火を使い続けたかだ、と久美子は壁をみて見当をつけた。

六畳間に立つと、障子は四枚並んでいる。どれも真新しい。

久美子は右の障子を開けて四畳半に入った。左手の障子を開けて、しかし台所に入らなかった。開けたまま、奥の障子を開くと玄関がみえた。久美子はこの間取りで、六畳間から外に出ることのできる道筋を思い描いた。

（この家にはつまり、ルートがある）

（四通りもある）フフ、と笑った。どうでもいいことだけど、ここで暮らす者にしか選べないルートでもある。

真っ白い、おろしたての軍手にまだ指が慣れず、ワキワキと動かしてみた。積まれた段ボールを開梱（かいこん）しようとせず、台所からではなく、四畳半の障子から玄関に出てみる。段差のある敷居――志郎や五郎が何度もつんのめった――を踏まずにまたいで玄関に出る。まだ洗濯機置き場に置かれる前の洗濯機が行く手を塞いでいるのを身体をよじりながらすり抜けて、小さな玄関から外に出た。

ついさっきハキハキした声音で、ありがとうございましたと帽子を脱ぎ、お辞儀して出て行ったはずの引っ越し業者の男達のトラックが、まだ表の道に止まっているのがみえる。

（バツが悪いな）と思いながら外廊下を歩き、鉄階段を降りる。一階は二室、久美子の五号室のある二階には三室、計五室しかないアパートなのに、鉄階段は建物の両側に一つずつつけられていて、だからここにもルートがある。

二人の引っ越し作業員が煙草を吸いながら塀にもたれていた。

「次、応援なしでいけるか？」

「えー、でも、ギリっすよ……あ、どうも」

会釈をして通り過ぎ、広い通りに出てコンビニまで坂をのぼる。

ペットボトルの水を買い求め、戻ってくると引っ越しのトラックはいなくなっていた。

改めて二つの建物をみる。同じ形でどちらも瓦屋根。側面の、上に向かって三角のゆるやかにすぼまっていくあたりに第一藤岡荘、第二藤岡荘と太く書かれている。あれは「楷書体」だ。二棟をまとめてブロック塀が囲んでいるが、道路に面したところは大きく開いているのに、塀から敷地内は砂利まじりの土の地面になっている。

ブロック塀の内側に、集合の郵便受けが据え付けられている。205の数字の下には紙のプレートを差し込むスリットがある。住人が変わるごとにプレートを取り替えられる仕組みだが、地の部分に「二瓶」とマジックで書いた跡が薄く残っている。その上にシールを貼った跡も。

(前には二瓶さんが住んでいたのだ)。二瓶さんは几帳面な字を書く。貼ったシールの六原さんはぶっきらぼうだ。鉄階段を上っている途中で隣室の扉が開き、住人が出て来た。

「今度越してきた九重です、よろしくお願いします」

「あ、どうも」階段で会釈を交わした。若い男だ。会釈だけでは安全な人かどうか分からない。集合郵便受けの隣には特に名前の記載はなかった気がする。階段を上り終え、外廊下の途中、左隣の扉をみた。

表札はそこになかったが、久美子はしげしげと扉をみつめた。振り向くと、男はもういない。久美子は五号室の前に戻り、そこでも扉をみつめた。扉の上方に「5」と数字がついている。

九重久美子は（なんで五号室の隣が三号室なんだ？）と隣室と自室の号数表記に疑問を抱いた初めての住人だった。それまでの住人は気付かなかったか、理由が分かったから気に留めなかったのだ。95年から99年まで暮らして久美子が引っ越していった後、藤岡荘にはちょっとしたリフォームが入った。

変な間取りだとか機能的な間取りだとかを一切思わなかった住人は藤岡一平（ふじおかいっぺい）だけだ。（こんなもんか）とだけ思った。父に案内されて玄関をくぐって説明を聞き、室内をみながら、こんなもんかと受け止めた。一階の二室の方が広く、二階も左右が角部屋なのに、だからこそ「おまえにはもったいない」と五号室をあてがわれたのだった。

夫婦に子供一人、十分に暮らせる広さだし、どちらの和室にも押し入れがあって布団を出し入れできる。「三種の神器」の冷蔵庫と洗濯機を置くことができ、テレビアンテナ線も引き込んである。外廊下と六畳の窓、どちらにも物干竿が渡してあり、洗濯物を二カ所に干すことができる「これからの時代の」家だ。学生が暮らすにはむしろ広過ぎる。各部屋の間取りや設備もさることながら、父の自慢は火災報知器だ。最新の設備をつけた。

俺は結婚しても、こんな日当りの悪い木造に住むなんてゴメンだねと一平は生意気をいい、父に小突かれた。

「どら息子め」とにかく火事には気をつけろ。釘を刺され、一平は66年から70年までを親の建てたアパートの五号室に暮らし、アルバイトもせずに都心の大学に通った。後にリエや久美子が通う大学だ。

三の隣は五号室

長嶋有

中公文庫

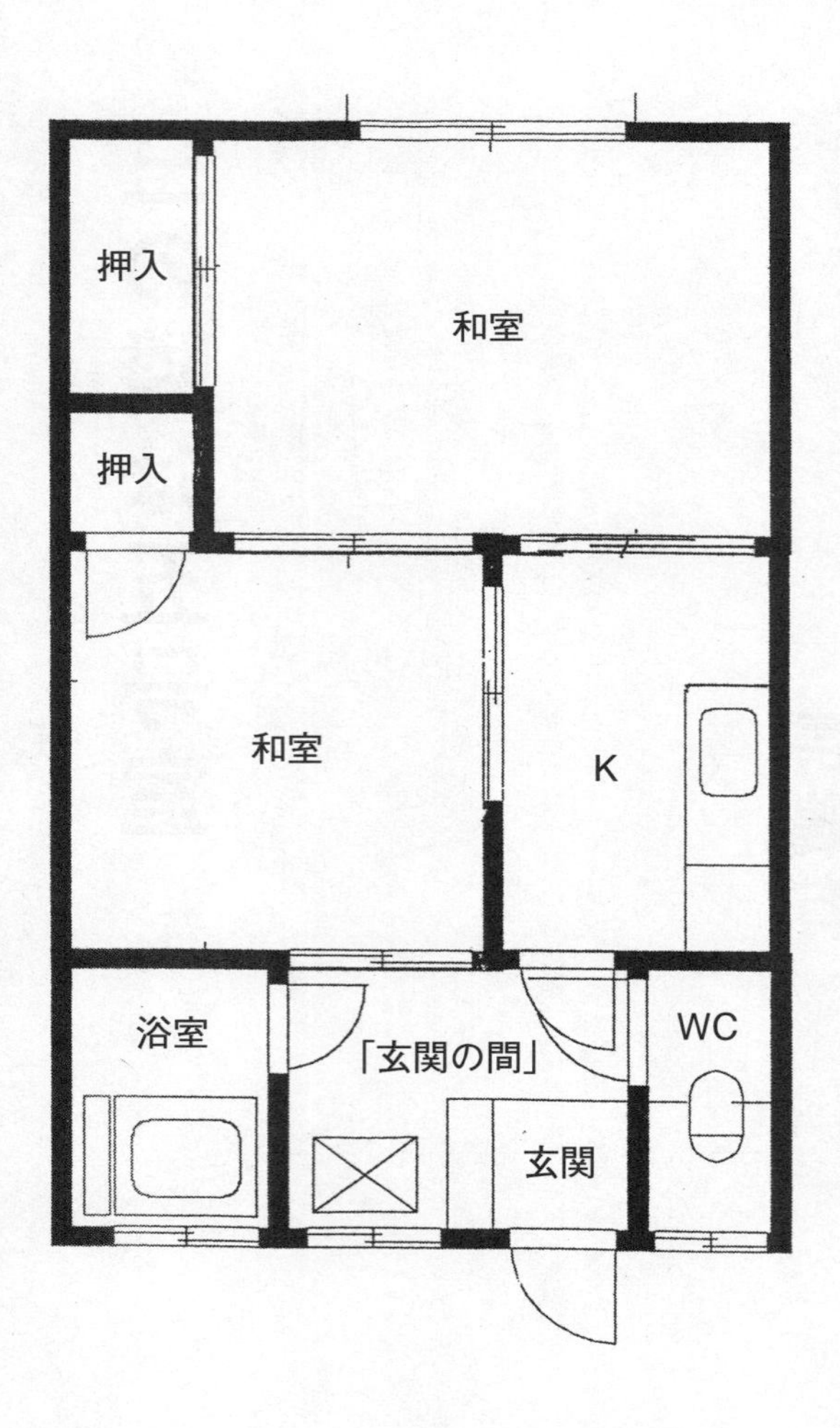
押入
和室
押入
和室
K
浴室
WC
「玄関の間」
玄関

目次

第二話　シンク

五号室の扉の「5」の字をみつめて後、部屋に入って片付けに取りかかった九重久美子（95〜99年居住）だが、やがて台所の端で腰に両手をあてた。身体が熱くなって、深呼吸を一度した。シンクの脇、コンロを置くスペースの、ガスの元栓の先端にゴムホースがささっていた。カッターナイフかなにかで無理に切断したのか元栓に三センチほど、ホースが残っている。

これが抜けないのだった。

五分、いや、十分くらいは苦闘した。久美子は最初、腹を立てた。先代の住人に対してだ。二瓶さんか、六原さんか、もっと別の人かもしれないが、なぜ、ホースのすべてを、きちんと抜いていってくれなかったのか。コンビニで買ってきたばかりの水のボトルを開け、荒々しく口に含んだ。

四畳半には段ボール箱が未開封のままで積みあがっていたし、照明もまだ一部屋しか装着できていなかったが、冷蔵庫はすぐに通電し、実家から持たされた「なるべくすぐに要冷蔵」の瓶詰め類をすみやかに入れて、シンク下の扉を開けて調味料、大きな順に重ねた鍋類なども収納し終えた。

引っ越した日のうちに料理を作れる状態にするつもりでいた久美子にとって、ガスの開栓は特に必要なことだ。これまでずっと母一人子一人で暮らしてきた。小学生のときから大人のいない昼間を過ごし、炊事洗濯、自分のためのことは一応できる。初めての一人暮らしでも肝は据わっていた。引っ越しを手伝いたいという母の申し出は、都会での生活に勝手の分からぬ娘を不安に思ってのことだろうが、大事な有給をつかうほどのことではないと断って一人でやってきたのだ。初日をうまくスタートさせ、電話口でも母を安心させたい。

まさか、一人暮らし初の困難がゴムホースとは。

段ボール箱を置くとか、その蓋を開くとか、そこからなにかを取り出すとか、どこかに収めるとか、引っ越しの作業は地味な動詞の連続だが、抜けないホース（の残り）を引っ張るなんて、十分も費やしたくない「動詞」だ。久美子の口はへの字になった。

再び、伸びない頑丈なゴムを引っ張り、顔を赤くしながら、子供のころ、側溝に落とした五十円玉を枝で探ろうとして夕方まで地べたに頰をつけていたことを思い出した。今思えば、一本の枝で五十円玉を拾い上げることは無理に決まっているのだが、日暮れまで粘った。五十円は大金だ。

「ふんぬう！」誰もいないときにしかあげられない、力んだ声をあげ、さらに叫び声まで漏れそうになって、自分で恥ずかしくなる。ホースは相変わらず、びくともしない。また引っ張って、やはりびくともしない。何度繰り返しただろう。

人生にはしばしば、そういう時間がある。誰も自ら語らないし誰から語られることもないが、あるはずだ。側溝や、自動販売機の下に転がっていった小銭に手を伸ばしたり、瓶になにげなく差し込んだ指が抜けなくなったり、タイルとタイルの間のもう落ちない黒ずみをこすったり、洗面台の排水溝に落としてしまった母親の指輪を拾いあげようとしたり。そういうときのあらゆる苦闘を「人生の時間」と、誰も思っていない。だけど、仕事や恋愛や、なにか大事な時間を経たのと「同じ」人生の時間上にそれらのこともあるはずだ。

抜けないガスホースにこれ以上のトライをすべきか、久美子は考えた。そんなはずないのに、深遠な問題のようにも思われた。

シンクの右端、ステンレスで囲われた、一段下がった隅に元栓はあって、それは二股に分かれている。一つはコンロ用で一つはおそらくガス瞬間湯沸かし器のためのものだろう。ゴムの切れ端の残っていない方をコンロ用に使う手もある。久美子はガス湯沸かし器を持ってきていなかったから。だが、いいのだろうか。久美子は今度は自分の未来が分からないと思った。

将来どんな職業につくのか、誰と恋愛するのか、どんな友と、どんな場所へいき、なにを成すのか成さぬのか、といったような「未来らしい」未来とともに、自分はこの家でガス瞬間湯沸かし器を買うのか、買わないまま住み終えるのかということもまた同じ「未来」だ。

分からないまま、空いてる方の元栓にガスホースを差し込むことはためらわれた。未来のすべて（大事なものも含めた）をいい加減に取り扱う行いのような気がしたのだ。

引っ越し初日は外食ですませるべきか。いや、そのような怠惰をしないよう、まず台所周りから荷ほどきをしたのではないか。母に言われていたことでもある。健康を案じられての言葉ではない、どうせ久美子は外食ばかりの生活に堕してしまうに決まっているとだらしない一人暮らしを予言されたのだ。

（するどいな、母）と久美子は内心思っていたが、むっとしてもいた。それで実家での荷造りのときから、最低限、初日に用いるであろうまな板包丁などの道具はひとまとめにし、すぐに取り出せるよう梱包し、家具等を配置したあと、真っ先に冷蔵庫に通電したのだ。まだ出向いたことのない駅前のスーパーマーケットの閉店が早かったらどうしようと思案しながら。

たった三センチのゴム管（の残り）のせいで、引っ越し前からの周到な準備や決意がかなわなくなるということに、九重久美子は大げさに「悲劇」という言葉を思った。

　直前まで力を込めて引っ張っていた感触がまだ指や腕に残っていて落ち着かなかったが、ガスの開通にやってくる男に期待することにして、段ボールを開いた。きっとガス会社からやってくるのは屈強な、精力に満ち満ちた若者で、ゴムホースなどあっけないくらい簡単に抜いてくれるだろう。ジャムの蓋を「貸してみ」と余裕あるまなざしのまま奪い取るようにして、静けさの中、簡単にねじり開けてしまう、昔の少女漫画の中に出てくるような美青年……

　……である必要は全然ないのだが、誰であれ、これからくる男は自分よりも簡単にホースを取り除いてくれると（ガス会社から来るのが女ではなく男であるとも）決めつけていた。

「切りましょう」

「え⁉」やってきたガス会社の男は久美子が段ボールを畳むのに用いていたカッターを借り、ホースに縦に刃をあてて、裂いて取り除いた。

「ありがとうございます」お礼をいいながら久美子は拍子抜けした。なぜそのやり方を思いつかなかったのかと自分を訝しみもした。

　そして一瞬にして、苦闘していたときには少しも感じなかった共感が心に満ち満ちた。先代の住人に対しての共感だ。なぜゴムホースが三センチ残っていたか、今なら分かる。

苦労がすっぽりとなくなって、分かるという気持ちが綺麗に残った。

それは、抜けないからだ。さんざん汗をかき、腹を立て、人生における誰にも云々されない時間（や、もしかしたら未来）について思いを致した挙げ句、同じように刃物を用いたのだ。彼（彼女）は横方向に、自分（実際にはガス会社の男）は縦方向に。さっきまで呪っていた知らない相手に真逆の気持ちを抱いていることのおかしさには思い至らず、久美子は掌のゴムホースの切れ端を数秒間みつめてから、ゴミ袋に放った。それから、ハハと一人で短い笑い声をあげた。きてくれたのが、ジャムの蓋を簡単に開けてくれる美青年では全然ない、いかにもガスの点検にくるようなおじさん風のおじさんだったからだが、そのガス会社のくたびれたおじさんがシャボンを用いて行った検査を久美子は見逃していた。


そしてはたして、久美子の抱いた共感は正しいものであった。たしかに五号室の前の住人、八屋リエ（91～95年居住）は台所の片隅で腕組みをした。引っ越す日、すなわち九久美子が五号室に入居する一ヶ月ほど前、95年の三月上旬のことだ。

「そっちどう？」障子の向こうから晶久の声がしたが、リエは顔をあげなかった。

「待って……」ゴムを引っ張っているのでなくて自身の肉体がゴムみたいに伸びている人のような声音と音量になった。ガスコンロのホースを元栓から抜こうとして力がこもっていたからだ。パステルグリーンの分厚いゴム手袋はとっくに脱いで、素手で引っ張っていた。二股に分かれた元栓の、ガス瞬間湯沸かし器のホースは割とすぐにはずれたのだが、ガスコンロの方はそれ自体が手前に置かれているせいで力を入れにくいのだ。

四年間の使用で、ホースやガスコンロばかりでない、周囲もぬめっとしている。そのぬめりに遠慮した引っ張り方をしていたのが、すでに全力になっていた。ぬかるみの道で、泥が付かないよう気をつけて歩いているのを止して、もういいと泥まみれで歩き出す瞬間の気持ちをリエは思った。

人生にも、そういう転換がある。まずはゴム手袋をつけてことに及び、その手袋を外して挑み、さらに汚れにまみれて構わないどころかむしろ進んでずぶずぶと汚れの中に入り込んでいく。

「なにやってんだよ、まったく」背後からの言葉にちっという音が混じったのをリエは聞き逃さなかった。晶久とは大学のゼミで知り合い付き合うようになって一年になるが、最近、彼の舌打ち癖が気になる。

リエは力をこめるのをやめた。晶久に抜いてもらおうと思った。ぶりっことという言葉は90年代でもまだ幅を利かせていたから、在学中も学友にそう思われぬよう意識して、重いものもなるべく自分で持つなど心がけてきたが、今ここで頼って、別にいいではないか。ぶりっこ呼ばわりする者はこの日当りの悪い家にはいない、むしろ頼って欲しそうな男だすがいるのだ。

「なに。なにやってんのよ」開いた障子の向こうから晶久がやってくる。

「抜けないんだってば」場所を入れ替わりながら、人生における転換だなんて大仰な感じ方をしたことに遅れて少し驚いた。

「どれ」晶久は持っていた段ボール箱を脇に置くと元栓に立ち向かった。軍手をしたまま挑むつもりらしいことに対し侮(あなど)りの気持ちが湧いた。だが、男性ならではの力ですぐ抜けるかもしれない、それはそれで、なんだかイヤだ、とも思った。ホースを抜きたくて作業していたのだが、今や抜けなかったことに意味が生じている。簡単に抜けてしまったら、自分が手を抜いてさぼっていたという誤解も生まれうる。

何度か力をこめて後、晶久が軍手の中指を口でくわえて外したので、ほらね、とリエは満足した。また舌打ちをした気がする。舌打ちはなんだか嫌だ。不機嫌なことが嫌なのではない、舌打ちはなんというか、おじさんのする行為だ、恋人が年を取った気がしてきてしまう。

「硬いな」だが晶久は元栓とホースに対して明確な舌打ちをした。それを尻目にリエはシンクの上の扉を開けて、普段は使わない食器を取り出しにかかる。背伸びでは無理だとすぐ悟り、奥の六畳間から折り畳みの椅子を持ってきた。

「ふぬう!」晶久が大げさな声をあげる。「時間をかければかけるほど、そのことから逃れられなくなる」磁場のようなものに晶久がとりつかれ、自分は脱出した。そんな風に言語化したわけではないが、赤い顔の恋人に対し涼しい笑いが漏れる。椅子の上に立ち、大きな食器をおろすふりで、晶久を見下ろした。滑稽に力をこめている男を見下ろす構図も斬新で面白いな、と思った。さぼって、恋人の髪の生え際や肩の肉付きを眺める。

「置いてく？」晶久が見上げてリエと目を合わせた。

「え？」

「これごと」

土鍋を両手に持っていて、金属のボウルと違いこの場合はバランスを崩したらいけないと考え、リエは慎重に椅子から降りる。

「これって、ガスコンロ？」そんなつもりはなかったが、口調に抗議の意思を汲み取ったらしい、晶久は、だって新しいの欲しいって言ってたじゃないかと反駁気味の声になった。

「それは、言ったけどさ……」違う、全然違う。少し前に北欧家具の輸入販売店でリエが晶久に欲しいと「言った」のは、調理台に最初から組み込まれている、対面式のキッチンユニットそのものだ。魚焼きグリルの左右に五徳の並んだやつの新型が欲しいのではない。ガス瞬間湯沸かし器を取り外したのも友人に譲るためだ。今度は蛇口からお湯の出る家に初めて住む。そのことは、ささやかな喜びだ。一人暮らしでベッドに寝ることと並ぶ、子供の頃からの憧れだった。自分が金持ちになったのではなく、給湯装置が安価になってきて広まっただけなのだろうが、だからといって憧れが減じたわけではないから、やはり嬉しかった。

結局、晶久はカッターナイフでホースを切った。別の梱包をしているときにそれは終わって、「どけたぞ」の声でみにいくと、ホースは三センチくらいを元栓に残して切られていた。

「えぇ?」自分が力を込めた分の苦労を思い出して、安直な解決に対し、今度は本当に抗議の声がもれる。

「仕方ないじゃないか」晶久も不機嫌だ。なにか言い返したく思ったが呼び鈴が鳴って会話は中断された。引っ越し業者がきたのだ。

ガスコンロを取りのけると、フライパンからこぼれて消し炭のようになった焦げた食品や油のべったりした汚れがみえる。舌打ちはしない。けど、自分にも不機嫌さの「型」みたいなものが生じている気がする。リエは再びゴム手袋をはめた。滅多に使わない、台所の油汚れ用の洗剤を垂らした。そういえばと思い出した。これは自分が買ったものではない。四年前に引っ越してきたとき、シンクの下の扉を開いたらそこにあった洗剤だ。新品のように手つかずの洗剤を、ハウスクリーニングの業者が置き忘れたのか。

実際にはそうではなく、リエの先代の七瀬奈々のさらに前の住人、六原睦郎(85〜88年居住）が置いていった洗剤だ。

雑巾と中性洗剤とそれとを、まとめて入れたプラスチックのバケツごと置き忘れていった。高齢の睦郎を引き取りにきた息子夫婦が、引っ越しの準備にいろいろとバケツに入れて持ち込んだら、睦郎の家に既にあった掃除道具で事足りてしまった。

「あるじゃないよ、油汚れの洗剤も」中年の息子に声をかけられ、睦郎はきょとんとした。

「玄関の間」の、洗濯機の脇の棚の一番下に洗剤類が収まっていた。濃い緑色の洗剤が換気扇などの油汚れで、青はガラスで黄色は風呂用。たしかに妻に教わった。手術を終えて一時退院したときだ。入院中に豊子はメモを作っていた。睦郎のためのメモだ。各位に贈るべきお歳暮の按配などのほか、普段使わない食器や掃除道具の場所も仔細に記されていた。睦郎は仕事でならしたアイロンかけ以外、なんの家事もしてこなかったから豊子は案じたのだろう。大学ノートにびっしりと書かれたボールペンの文字の濃さばかりが睦郎には印象づいた。

「板の間のワックスまであるわ……揃ってるに決まってると思ったんだよ、父さんどこ探したの」

「ああ、そっちか」洗剤や掃除用具は冷蔵庫脇の、米びつ付きの細い棚に収まっているだけかと思っていた。もっと細かい区分があったのだ。豊子が入院してから、食器を洗うほかは、箒（ほうき）で掃き掃除しかしなかった。

あの日から、物の配置も含めて、時間が止まったのだ。

「これ、母さんのだ」広げた布に息子は見入っている。玄関扉の上の明かり取りと、洗濯機置き場にも窓があるので、台所からみる息子は逆光を受けてシルエットになっていた。

「ね、これ」持っていた布を息子がかざして、それが雑巾だと気づく。

受け取って眺める。息子はこのごろいつも、父親の反応の鈍さ遅さに対して、苛々せず辛抱強く待とうと決めて待ってあげる、そんな表情を示す。

豊子が意識されて振り返る。この五号室でミシンをかけるのは午前中の十一時ごろと豊子は決めていた。壁の薄い藤岡荘で、いつも気をつかっていた。テレビもラジオも「隙あらば」という感じでボリュームを下げに立ち上がっていたが、ミシンはどれだけ気をつけても音量自体下げようがない。背後の四畳半から、電動で針の動く音が聞こえてきたことを思い出し、睦郎は振り向いた。うまく縫おうというより、音を立てる時間を少しでも短くということに主眼があったようで、豊子はとにかく真剣な横顔をしていた。

ミシンは引っ越し前に売ってしまった（睦郎だけが知らなかったが、息子夫婦は売ると父親に告げて捨てていた）。二人で営んだクリーニング店の奥でも使われたものだ。足踏みだったものを途中から電動に改造して、三十年以上使い続けた。

二カ所に分けてあった洗剤の配置のように、そのことから分かる意図や意志、あるいは単に物から呼び起こされる彼女の動作の気配がこの部屋には満ちている。だからここを去るのも、残るのも辛いことだ。

睦郎の返事を聞かず、息子は風呂場に消えた。遅れてやってきた嫁と二人てきぱきと動いた。洗剤はともかくバケツは二つあることで雑巾掛けがはかどった。

何枚かあった豊子の雑巾が一枚、掃除の際にとりまぎれ、未使用の洗剤とともにバケツに残された。置いていったのではなく、六原一家が玄関に置き忘れたバケツを清掃業者がシンクの下にしまった。清掃業者には、それが捨てるものかどうか判断しかねたのだ。


六原睦郎の次の住人、七瀬奈々（88〜91年居住）がそれをみつけたとき、雑巾は水分をすべて失ってかちかちになっていた。奈々が引っ越してきて一ヶ月以上たってからそれは発見された。奈々は傷心の身で越してきて無気力だったので、荷ほどきも収納ものろかった。

縁に二つ折りでかけられ、バケツのアールに沿った型がついている雑巾を七瀬奈々は広げてみた。バケツの縁の型がついたまま、まっすぐに広がらない。

内見したとき、自分はガスコンロの下の扉を開けてみなかったのだったか。最初は少し不気味に感じたし、変な物品でないと分かってからも「つまらない忘れ物だ」と思ったが、縫い目をみてだんだん、そんなことはないような気がしてきた。丁寧な縫製だ。少ししか使われていないのだろう、元のタオルの白さが十分に残っていて、清潔な気配さえした。

六原さんの素敵な雑巾だ。奈々はしゃがみこんだまま、いきなり気に入った。

「六原睦郎様」宛のダイレクトメールが誤配されてきたし、郵便受けのネームプレートを差し込むところにも六原とシールが貼られていたから、雑巾は六原さんのものと奈々は決めつけて、その後の暮らしで愛用した。郵便受けの名前をシールですませる人はきっと旦那さん、雑巾は奥さんの手製。推理が見事にすべて当たっていることを七瀬奈々はもちろんずっと知らない。

水道の蛇口の奥、ガス瞬間湯沸かし器の脇に長い期間貼られていたらしい「水不足!」と書かれた水道会社のステッカーは、これもきっと旦那さんが貼ったのに違いない。引っ越して数ヶ月たった夜には、歯を磨きながらフフ、と笑う余裕が奈々にはできていた。水道の出しっぱなしを戒められたのは小学校の道徳の授業以来か。五号室の蛇口は、こんな古い家に似合わずレバー式だ。上下に動かして水が出るだけでなく、左右に回転させればお湯と水とを切り替えられる方式だが、お湯は出ない。

雑巾への推測と違い、推理は半分だけ外れていた。「水不足!」のステッカーを貼ることにしたのは別の夫婦の夫だった。六原夫妻の四代前の住人、二瓶夫妻の敏雄だ。

そして奈々が「こんな古い家に似合わず」と感じた通り、かつて二瓶敏雄・文子夫妻(70~82年居住)が暮らしていた当初、台所の水道の蛇口はよくある回転式だった。

どれだけきつくねじっても、ポタポタと滴（しずく）が垂れ落ちる音が夜中の障子越しに聞こえるようになったとき――パッキンという部品だけを取り替えれば直ったのだが――文子のこだわりで取り付けなおしたのだ。レバー式なら、両手がふさがっていても泡まみれでも肘で水を出すことができる。

「え？」敏雄は購入に難色を示した。調べてみると、パッキンは百円で、レバー式の蛇口は三万円だ。百円と三万円だぞ。この世のあらゆる物品で、そんな値段差のものってそんな、ない。

肘で水を出せるという利点もよいことでなく「横着」に思えた。それにパッキンは「修理」であり、買い替えとは違う。なんでもすぐ買い替えるだなんて。夢の島がいつか溢れ、人口増も相まってやがて日本には廃棄場所がなくなる、ゴミ問題は目前に迫っていると云々される時勢でもあった。

結局、敏雄も（まだ前のが使えるのに）かねて欲しかったゴルフクラブを買い替えることで相殺（？）した（つまり、むしろ敏雄の方が大きなゴミを夢の島に出すことになったのだ）が、その交換条件が成立してみると、今度はまた不思議だった。

肘で蛇口の開閉ができることは、そんなにもすばらしいことなのか、と。従来より三十から五十ヤードのティーショットの伸びが見込めることと同じくらいに、それはいいことなのか。

取付工事の業者が置いていった使用説明書に「水不足！」のステッカーが添えてあった。敏雄に促されて実際に貼りつけたのは息子だが、文子は本来なら心外に感じるところだ。自分は水を無駄に使ったりしない。むしろ節約は敏雄なんかよりも肝に銘じている。

そのころ、幼い息子がなんでも、どこにでもシールを貼りたがったのだ。合板のタンスや冷蔵庫に、菓子のおまけのシールを何枚貼っても構わないが、桐の衣装入れやテレビのブラウン管の真ん中に貼られると、はがすのに苦労した。貼らないように叱るばかりでなく、貼ってもかまわない場所に貼れる機会は逃さず与えようというのが敏雄の提案で、文子は得心がいったのだ。

このステッカーは防水加工がされていたのか、十年たってもまるで褪(あ)せることなく、転居する日まで残り続けた。モスグリーン（という色名では認識していなかったが）の合板のタンスの段ごとに気まぐれに貼られたシールはほとんどがこすれたか退色したかで、かつてのヒーローやキャラクターの姿はシールの輪郭だけになっていた。好きで貼っていたはずの息子もそれらになんの興味も未練も示さない、興味の薄れにシールは呼応しているみたいだった。

そうすると、幼い息子には関心のなかった「水不足！」という戒めの言葉が、当初より重要な警句のようにも思えてくる。

レバー式の蛇口にとどまらず、文子は台所を快適にすることに余念がなかった。ガス瞬間湯沸かし器も二瓶夫妻によってこの五号室に初めてもたらされ、ガスの元栓もこのときの工事で二股になった（といっても二瓶夫妻は引っ越し時に湯沸かし器を取り外して新居に持っていったので、五号室に「もたらされた」のは増えた元栓の他は、湯沸かし器を固定するため壁に打ち付けられた板だけだ）。

　横長のガスコンロを置くくぼみと流しの間には、水がはけるように筋目の入った作業台があるが、さらに流しの左側の空間にも台が欲しいと文子は思った。五号室に暮らし、頻繁に料理をする住人は皆同じことを思った。

　玄関の間から、ドアを開けると右手がシンク。シンクと対角線の位置に障子が、直角に二枚ずつみえる。二瓶文子は当初、流しの左ではなく、振り向いた後ろを作業スペースにするアイデアを採用してみた。流しの左は生ゴミ入れとスイッチ式の米びつと冷蔵庫。真ん中の四畳半に向かう障子を一枚ふさぐ形で腰の高さの台を置いた。台は敏雄の職場の上司から譲り受けた欧風ワゴンの、車輪を固定して用いた。

　食器棚は大小二つあったが、うち一つを玄関の間の、四畳半に入る障子の片面に置いたのは苦肉の策だ。当然、日常あまり使わないものが玄関の方に収められたが、冬になると敏雄は（大きくなってから後の息子も）食器をとりにいくのを大儀がった。機能的でないが仕方ない。食器棚と作業台をすべて収めるのにこの台所の狭さでは無理がある。誰からも責められることはないが、文子は言い訳をしたい気持ちになった。

子供が生まれ、ベビーベッドが四畳半に置かれると事情が変わった。ワゴン越しだと天井に吊るしたメリーしかみえない。障子が開け放たれていた方が、様子をみるのにも、赤ん坊に駆け寄るのにも都合がよくなった。それでワゴンを流しの左に入れ（出っぱったが）、冷蔵庫を二面の障子の角にくっつけた（結果、どこの障子も上半分しかみえなくなった）。柱に取り付けていた消火フラワーは玄関に向かうドアの脇に付け直した（大抵の家庭でそうだったように、一度も使うことはなかった）。

息子は五号室で育った。ベビーベッドは人に譲り、積み木遊びからレゴブロックにも飽きていき、小学校の友達と日暮れまで外で遊ぶようになって、つまり見張る必要がなくなっても、ワゴンや冷蔵庫の配置を戻すことはしなかった。

そうする余裕がなかったのだ。子供が生まれてからもずっと、部屋の中の景色はまるで変わらない五号室なのに、生活の速度だけがあがっていった。「余裕がなかった」とか、「日々の暮らしに追われて」という言い方で思ったのではなかった。あくまでも速度があがった感じだった。

息子の進級と引っ越しとが同時期だった。三月にしては気温の高い日で、生暖かい空気に気怠（けだる）さを感じながら片付けを続け、シンクの引き出しをあけたら、水道の蛇口が出て来た。

そうか、と思った。自分が望んで取り替えた、元の蛇口だ。「原状で明け渡す」べしと賃貸契約書には書かれているから、敏雄が捨てずにとっておけと言っていた。使われなくなった蛇口を手に取ったとき、びゅんびゅんという風切り音が聞こえる気がした。敏雄が勝手に内心で思ったのと同じことをつかの間、文子も感じた。そんなによいものなのか、という。蛇口を替えたことで、そのよさをちゃんと感じ続けながら自分は生きてきたのだろうか。わずか二、三日の喜びだったのではないか。

「どうした」敏雄が覗き込んできた。敏雄は文子の手の中の蛇口をみつめ、文子は敏雄の顔をみた。

「……ま、いいんじゃない？『原状』よりも良くなっているんだから、戻さなくても」とっておけと言ったのは敏雄なのだが、引っ越し作業の煩雑(はんざつ)さの真っただ中にいると取り替えが急に面倒になったのだろう。

「『良くなってる』のかな」文子は敏雄の顔をみたまま、ぽつんと言った。

「何言ってんだよ」敏雄が抗議の口調になるのはもっともだと文子は理解していた。理解しながら、敏雄の顔をまだみていた。あのやり取りのときよりも敏雄の顔が間違いなく老けていることをみていたのだ。びゅんびゅんという音を感じながら。

　二瓶夫妻の次の住人、三輪密人（82〜83年居住）は一度も台所の引き出しを開けなかったから、蛇口の発見は次の住人、四元志郎（83〜84年居住）に持ち越された。二瓶夫妻ににはなんの他意もなかったのだが、四元志郎の心に妙に印象づいた。まず拳銃のようだと感想を抱いたのは形状と、持ってみた際の意外な重さゆえか。そこにあらかじめあったものを、賃借の関係にある者はどうこうできないという気がして、引き出しに元通りしまいなおした。

単身赴任の四元志郎は、ここでの暮らしは寝に帰るだけと思っていたし、靴べらを吊るすための釘一本さえ打たなかったのと同様、台所にもなんの手もかけなかったが、自分でも意外なほど料理はした。ガスは家から持ってきた点火装置のない一口コンロだし、持ち込んだ食器も少なかったが、遅く帰ってきてから酒のつまみを作るのがちょっとした楽しみになった。シーチキンにネギをまぶしたり、カツオを不器用に切って茗荷(みょうが)を散らしたり、インスタントラーメンの具にこだわったり、果てはベターホーム社の料理ガイド本を買い求め、アサリの酒蒸しまで挑戦して、四畳半であぐらをかいて食べた。一種類を大量に作って食べるのが、家族のいる自宅ではかなえられないやり方だ。

興が乗って伊勢海老のボイルに挑戦して買ったトングを引き出しにしまう際、忘れていた蛇口を再び目にした。もう一度手に取って、拳銃のようだと感じた重みを確認した。

夜、布団の中で四元志郎は考えた。前に住んでいたのは怪しい男だった――内見の際、おしゃべりな不動産屋がぺらぺら喋っていたのを思い出した。全学連あがりか危険思想の持ち主だよあれはと決めつけていたが、とにかく、水道の蛇口にこだわりのある男であるらしい。わざわざレバーに取り替えたんだもの。

三輪密人にはなんのこだわりもなかったし、レバー式の蛇口についても、一度も上げ下げしなかった。ただ、何年も後になって三輪密人は夢をみた。かつて住んだ第一藤岡荘五号室の台所の、水道の蛇口に輪ゴムをかける夢だった。輪ゴムをかけながら充実していた。これで輪ゴムが必要なとき、いつでも使うことができると思う夢だ。そのとき密人が夢にみた蛇口は、昔ながらのひねって開ける方の蛇口だった。

なんという、夢のない夢だろうと密人は思った。それは密人のみた最後の夢だった。翌日、密人は射殺された。

九重久美子が99年に退去して後、第一藤岡荘にはリフォームが入った。砂壁の上に白い樹脂の板が貼られ、玄関の間と台所の床板も張り替えられた。シンクも似た形の、しかし奇麗なものに取り替えられたが、水栓部分は元のまま活かされた。

リフォーム後に入居した十畑保（とはたたもつ）はだが、古い家だなと感じた。リフォームしたところで障子戸や柱や天井の古さは隠しようがないが、十畑が古いとまず思ったのはぴかぴかのシンクでだった。

内見したときには気付かなかった。水道が開通して、水を出してみて思ったのだ。レバーを下にさげると水が出た。今は逆だ。新しい水栓のレバーは上にあげることで水が出ることになっている。阪神大震災以後、そうなったのだ。

ふむ、とレバーをあげて、慣れるのに時間がかかりそうだと思った。それから魚焼きグリルつきの中古のガスコンロを両手でコンロ台に置き、ガスホースの先端部を元栓にあわせた。カチンと音が鳴り、ホースは実に簡単に装着された。先端部のリングを動かすと、またカチンと音が鳴って簡単に外れた。ふむ、と再び一瞬で装着した。

こんなに着脱が簡便で、よいのだろうか。ガス漏れのないよう、ホースはむしろ強固に固定されないといけないのではないかと――さほど不安なわけではないにせよ――思った。

十畑保は五号室二人目の単身赴任者だ。

第三話　雨と風邪

五号室のガスの元栓にガスコンロを取り付けて後、四畳半の片付けに取りかかった十畑保だが、やがて荷物を脇によけてスペースを作り、重い布団袋を引っ張ってきて、なんとか布団を取り出して敷いた。

悪寒に襲われ、まずいと考えながら。考えを追い抜こうとするように身体はどんどん重くなる。掛け布団もようやく取り出した。枕やシーツを探すのは大儀で、ズボンのベルトをゆるめただけで着替えもせずに横になった。

目覚めると音に囲まれていた。

音の正体もだが、自分がどこにいるかも把握できず、「新鮮な不安」というようなものを覚えた。いつだって、目覚めれば寝る前の続きであり、みえるのも寝る前と同じ景色なのが道理だ。それをして「日常」と呼ぶ人も多い。「目覚めて異なる（と感じる）景色」

ま引っ越しをした当座しか感じられないことだが、朦朧(もうろう)としていたためそこまで考えは至らず、不安が混じったのだ。

唾を飲むと喉が痛い。やはり風邪だと、意識を失う前のことを思い出す。障子ごしの、台所の蛍光灯がつけっぱなしだ。たしか夕方、ガスコンロをつないだのだった。重たい体で台所までたどり着き、計量カップで水を飲んだ（あのとき感じた、水栓レバーの違和感をまたわずかに抱きつつ）。飲み終えて、改めて感じる。なんと立派な雨だれだ、と。なんと強い雨だ、ではなく。この家が楽器のようによく響いているのだ。

幼い頃に暮らした木造住宅の安普請の屋根でもこんなに大きな音をさせただろうか、と天井を見上げながら考えた。薬も探さず、着替えだけすませて布団に逆戻りした。

再び目覚めたとき、枕の上方で雨音とは別の低い音が鳴っていた。その音で目覚めたのだ。会社から持たされた携帯電話の画面がオレンジ色に光り、本体はブルブルとふるえている。オレンジ色が妙に強く、起き抜けのうるんだ目を刺した。おそらく本部長からだ。一気に目が覚め、がばりと体を反転させるようにして両手を畳につけ、携帯電話を見張った。

画面に「ヒガシ　ブツリュウ」と表示されている。まだ小ささに慣れない電話機の、受話器のマークのボタンを人差し指で押し、本体を耳にあてる。ついでに床の腕時計も手に取る。まだ始業前だが、保はいつも始業三十分前には出社していたから心配されたのだろう。うるんだ目の端から目やにを指で取り除く。

「もしもし、十畑です」

「うわ、え、本当に十畑さんですか？」電話口の声は驚いていた。てっきり本部長かと思ったら、部下の青木からだった。

　本当に十畑や、と返事しようとして咳が出た。疑われても仕方ない。もしもしと声を出すまで、喉がこんなにやられていると思わなかった。自分でも驚いた。

「大丈夫ですか？」

「青木君か、いかんわ、喉やられてもうたわ」

「どえりゃあ声ですね」青木は少し楽しそうだ。声が変なのは一人なのに、驚いているのは二人であることが不思議だった。青木は中途入社で九月から勤め始めたばかりの若者だ。保は二ヶ月前からウィークリーマンションを仮の住居に東京の物流センターに既に勤めていたので、彼との関係性は築けている。自分よりも息子に近い年齢だが、本部長よりもむしろウマが合う。最近は保の名古屋弁を真似してくる。

「そのガラガラ声で『不思議時空に引きずり込め！』って言ってみてくださいよ」

「不思議時空に追い込め？　なにそれ」青木は快活でノリが軽い。よく分からない言葉を言わされてから、また大きな咳が出た。

「本部長は？」

「まだ来ていません、大雨で電線切れて田園都市線が遅れていて、今日は部長のほかも何人か遅刻です」

「そうか」そういえば青木の背後で電話のベルとやり取りが重なって慌ただしい気配なのは、いつもの注文受付ではない、社員同士の遅刻の連絡か。

「十畑さんが風邪ひいてるのはその声を聞いただけでよく分かりました、熱はありますか？」

「今から測ってみる、すまんね」午前中に送信すべきデータについて指示を与えながら、痰がからむ喉を何度も鳴らした。

「引っ越しって疲れますよね」若い青木に苦労を察してもらう。

「よく休んで、早いところ治してください」

「うん、すまん、分からんことあったら福田先輩か、ポーラスの伊藤さんに聞いてちょーよ……そうか、パソコンは君の方が分かるもんな、うまくやって」（今度は反対側の受話器のマーク）まだ不慣れな小さなボタンを押して通話を切る。

起きあがってみるとまだ体が重い。インフルエンザでなければいいが。たしか駅前に大きな病院があった。しかし大病院は風邪でも半日待たされそうだし、憂鬱だ。

ここの本部長は四角四面で小心だ。本人も遅刻ならば今日の朝礼は取りやめだろうが、明日には社員に対し風邪への戒めをもったいつけて説くだろう。そして大瓶のイソジンを洗面所に据え付ける。

　十畑保の会社は主に浸透式のゴム印を手がける文具メーカーだ。朱肉いらずの、インク浸透式印鑑の需要は、新入社員の勤め始める四月と、年賀状に捺す住所印のための十二月がピークだ。だから師走前に風邪をすませてむしろ良かったかもしれない。

　昨年にも一ヶ月間、長期出張で職場を経験していたから、本部長だけでなく、社員たちのことは既に知っていた。その後、名古屋に研修にきた若手の何人かと飲んだこともある。

　単身赴任は来年四月の繁忙期過ぎまでと聞いているが、無理だろう。中途入社の呑気な青木を育てて印面製作のエキスパートにしなければいけない。いけないというのは、それまでは名古屋に帰れないということだ。

「単身赴任は平等に」という当たり前の配慮がかつての社内にはあった。三十代のころに九州で一年勤めた自分はもう「済ませた」つもりでいた。ここ二年ほどで「バブルがはじけて」という言葉を大勢が――下だけでなく、管理職まで――便利に用いて、いろんなことが窮屈に、大変になってきている。自社製品の特許が切れて「もはや殿様商売ではいられなくなった」もよく言われるフレーズだ。

　下着を再び取り替え、風邪薬は探し出して服用した。背中に痛みを感じながらそれでもシーツと枕を取り出し、十畑保は布団に戻った。ずっと横向きで寝ていたが、仰向けになった。電話に出るまで緊張し罪悪感さえ抱いていたのが、若者にあっけらかんと許された後、とてつもなく気持ちが軽くなった。本部長からは改めて叱責混じりの電話があるだろうが、若い青木に荒れた声を聞いてもらいなにか自信を深めた。

昼に天井を見上げるなんて久しぶりだ。当初は窓のある六畳間を寝室にするつもりだったのが、寝室は十畑保が家を出る日まで四畳半に定まった。

四畳半は昼とは思えないくらい暗かったが、夜の暗さとも異なっている。また雨音が強まった。十一月には珍しい長雨だ。雨音のいくらかは確実に天井から聞こえるものだ。水は屋根に受け止められて滑り落ち、樋を伝って地面に垂れ落ちる、その音もある。水分を濾された残りの、音という音を五号室という空間が一身に受け止めている。

風邪で重たい体に、雨音は嫌なものではなかった。子供の頃も、風邪のときはこうして天井の木目をみつめた。誰しもそうだろう、退屈まぎれに木目のどこかを顔に見立てたりしたはずだ。五号室の四畳半でもそれを探そうとしたが、すぐにはみつからない。目を閉じると、つかの間生じた安らかな気持ちと、きっと長く続くであろう（それを容認してしまうだろう）単身暮らしへの暗い気持ちとがないまぜになった。

自分がいってもいいですが、いつ帰れますのん。こちらのではない、本社の部長に尋ねた言葉の語尾が、我ながら弱気だったと思い出される。抗議の意は込めたつもりだったが、鋭い剣幕で「いつ帰れるんですか！」と詰め寄ることができない、だから何人かいる製造部門の中から自分が選ばれたんだろう。見透かされているのだ。

半年ほどで帰れるといわれていた十畑保は、このときの布団の中での暗い予想の通り、99年十一月末から03年の五月まで三年半を五号室で暮らしたが、雨音には何度でも感じ入って飽きることがなかった。

夜、台所の柱の脇から出ているモジュラーロに電話機をつなぎ、やっと家に電話をかけた。携帯電話では私用通話をしたくなかったのだ。

「引っ越しは疲れるから」妻も部下と同じ言葉で保を励ました。

五十嵐五郎（84～85年居住）も引っ越し当日の夜に風邪をひき、雨音を聞いた。

五郎は三毛猫マークの引っ越しトラックが去って後、ガスコンロも冷蔵庫もいじることなく、迷わず趣味のものから開梱・設置を始めた。六畳間の押し入れのない方の壁にスチールの棚——書棚よりも奥行きのある特製——を置き、友人から借りた水平器で水平をとった後（もしもとれなかった際にどのように辻褄をあわせるかはあまり考えていなかったが）、アマチュア無線の機器とオーディオ装置を配置していった。電源やオーディオのケーブルが壁面でからまないよう、また取り替え時に煩雑にならないように色の異なるビニールテープで印をつけながら、慎重に進めていった。

夢中だったから、自分が白い息を吐いていることは気付いていたのに悪寒に襲われているとは思わなかった。さすがにお腹がすいてもいいころなのに空腹を感じないことで、ようやくおかしいと自覚した。このときにはすでに高熱を発していて目眩（めまい）も激しくなっていた。なんにでも取り乱すことの少ない五郎だが、このときはしまったと思った。風邪は気付いたときからが風邪だ。目をあわせたからチンピラにからまれた、みたいに、風邪には気付くのがいけない（気付かなければかからない）という錯覚がある。

気付いたらもうダメで、発熱から喉、鼻までちゃんと一通りの症状にかゝ、かゝ、かかり通さなければいけない。

これはもう、すぐに病院だ。五郎は病院信者だ。足がつってさえ外科にかかって呆れられた。市販の薬は信じていないどころか疑っている。売薬を服（の）むとむしろ風邪は悪化する。風邪にまず気付き、薬を摂取すると今度は風邪の方で気付いてしまうのだ。「ということは？　俺、暴れていいんだな？」と。

のどの薬のコマーシャルに出てくるバイキンのような風邪が高笑いする想像をしながら玄関まで歩いたが、スニーカーの紐を結ぶ気力さえなく、玄関脇の布団袋の上にばったりと見事に倒れ、気を失った。

目覚めると、音に囲まれていた。玄関上のガラス窓からわずかに光が漏れていて、考えの助けになった。どうやら無意識のまま敷き布団と掛け布団は取り出したらしい。四畳半と「玄関の間」の狭間（はざま）にいるようだ。

半身を起こして、五郎はまだ馴染まない空間の気配をもっと感じ取ろうとした。部屋全体を取り囲む打撃音のような音の連続は一体なんだろう。

背後からクロロホルムをかがされ縛られて、目隠しをされ車のトランクに放り込まれ、天井近くの小窓から月明かりだけがわずかに差し込む倉庫で目を覚ました、だがそんなことは少しも苦境と考えない少年探偵。そんなような明晰さで謎の空間に新たに降り立った気持ちがした。立ち上がるとすぐに少年のような気持ちはしなくなった。背中の痛みも身体の重さももたつきも、風邪ひきの中年のそれだった。

玄関の扉を開けるとすぐに雨と知れた。買っておいた缶のポカリスエットを飲んだ。冷蔵庫に入れていなかったが、冷えていて常より美味しく感じた。プルリングを人差し指の第一関節にはめたまま半分ほど飲み終えて、改めて感じる。扉の外を降る雨と、鳴っている音とが結びつかない。雨粒の打撃音だけでない、樋から溢れているのではないかというジャバジャバいう流水音さえ混じって聞こえる。

まあいい。アマチュア無線にしろ、ラジオにしろ、この家で聞く音はもっぱらヘッドホンだから、雨音も関係ない。残しておこうと思ったポカリスエットもすぐに飲んでしまった（コーラより少し入っている量が少ないのだ、と貧乏くさいことを思った）。

指のプルリングをシンクに放って、深夜ラジオのタイマー録音をセットしたら、あとは趣味以外のことへの頓着薄く、優先順位も低い五郎だが、さすがに布団は四畳半まで引っぱり、シーツも敷いて毛布も足した。障子は三面取り払っていたが、寝るのは四畳半と決めていた。契約では禁止されているガスストーブを、本来は瞬間湯沸かし器のためであろう元栓に長いホースをつなぎ、台所から四畳半の端まで持ってきた。青と赤の混じった炎が和室に灯（とも）った。まだ三毛猫のキャラクターの描かれた箱ばかりが照らされるだけだったが、しっかりと暖かさが伝わってきて頼もしかった。ヒューズが飛ばないよう、暖房はガスか灯油と決めていたのが、やはり正解だった。電気ストーブよりはるかに力がある。雨は小降りになったようだ。

寝間着のボタンをすべて留め、枕に頭をのせるとガスの炎でうっすら天井がみえる。板が六列連なっている。天井の木目が顔のようにみえて気になると誰かが深夜のラジオで相談していた。ディスクジョッキーの答えは「明日からジョギングでもなさい」だった。にべもなさを思い出して笑おうとしたら大きな咳が出た。からんだ痰を出したくて、また飲み込んで、五郎は不意に寂しさに囚われた。横向きになって目を閉じる。

トタン屋根みたいな雨音を立てるボロい家に、三十過ぎて職業も定まらぬ男が熱を出し布団の中で膝を抱えている。普段はそのほとんどを自覚していてかつ平気だのに、風邪は単純に気持ちを弱らせる。膝を抱えて寝るのは弱っているのと無関係な五郎の普段からの癖だったが、なんだかみじめさを補強している気がした。

同時に、寂しさの鋳型（いがた）にすっぽりはまってしまったみたいで、むしろ心安らぐ気もした。女の子が、継母（ままはは）にいじめられる想像でわんわん泣いて気持ちいいみたいなことかしら。もう一度笑いそうになってまた咳が出て、立ち上がってティッシュを使い、ティッシュボックスを枕元に据え直した。雨音にも慣れ、寂しさも消えた。本当は寂しさは消えたのではないのかもしれない。人はいつも寂しくて、普段思い出さないだけなのだ。自分はなんだか詩的なことを考えているな。知らないうちに五郎の口角はあがっている。引っ越し初日だというのに台所の壁の短い蛍光灯が点滅を始めたが、気付かなかった。やがてタイマーが無事に作動して、カセットテープがかちゃりと音を立てたのを遠くに聞きながら眠りに落ちた。

若い頃にトタン屋根のバラックに暮らしたこともある六原夫妻（85〜88年居住）と、木造社宅暮らしをしていた二瓶夫妻（70〜82年居住）には聞き慣れたものだったが、第一藤岡荘五号室で暮らした住人のほとんどが、ここでの雨音に必ず一度は聞き入った。四畳半で生まれた二瓶夫妻の息子、環太（かんた）にとってはむしろその音量こそが「雨音」というものの基調になった。五号室から引っ越して後、「雨音はショパンの調べ」という曲がヒットした際、環太はまだ中学生だったが一人内心で憤（いきどお）った。雨音はショパンの調べなんかではないだろう（ショパンのこともよく知らなかったが）。

霧雨でない限り、この家での雨は必ず派手な音を響かせる。異様におどろおどろしかったり、リズミカルで楽しげなときもあり、そのどちらとも環太は親しんだ。特に風邪をひいて四畳半で寝かせられているとき、雨が降っていると五号室が建物ではない、乗り物のような気がした。学校の校舎でも友達の家でも生じない感じ方だ。嵐の中、時化に翻弄されるガレー船や、困難に向かって進む宇宙船の中にいるような、過酷な冒険に対峙している気分だ。船や宇宙船での冒険という想像は、絵本や漫画に接するようになってからのことだが、まだ文字も読めない、四畳半の天井でメリーが回っていたときから、連続する雨だれの音に緊張し、興奮もして笑ったり泣いたりし、その度に母親を駆け寄らせた。

二瓶一家は五号室に長く暮らしたので、三人の誰かが風邪をひき、かつ雨音を聞くということも何度かあったが、その二つが相まったことで強い印象を抱いたのは敏雄だ。

普段は六畳で三人「川の字」で寝ていたが、三人のうち誰かが風邪をひいたときは四畳半に隔離するルールが二瓶家にはできていた。ちゃぶ台を畳んで敷いた布団で、義母に言われて買った和室用蛍光灯をみつめながら、敏雄はそのとき焦っていた。風邪をひいているのに、熱のせいでむしろ強いエネルギーに包まれているような気持ちだった。動くと体が重いので辻褄があわない。雨の中、妻が買い物に出て扉の閉じる音がすると、それから雨音を聞くしかすることがなくなった。

ここだ、まさにこの場所で環太が誕生した。ちゃんとした照明は買ったが、家がちゃんとしてない。子供には子供部屋がいる。「学習机」もなく、ちゃぶ台で勉強道具を広げさせているのは忍びない。もっと、ちゃんとしないと。なぜそう思ってしまうのか敏雄には分からなかった。自分たちが子供の頃はカバンが同じでなくても別に気にならなかったのに、入学式で二百人からいる新一年生たちが皆、同じ型の大きなランドセルをいっせいに背負っていて、自分の子供もそうである（デパートで買い与えたやつだ）ことに安堵の気持ちを抱いた。寝ている自分を今取り囲んでいる雨音の強さが、現状の象徴でかつ自分を責めているように思えた。自分だけなら質素な暮らしで平気だが、子供にはこの家では良くないのではないか。

折しも敏雄の勤める電子部品の製造会社は本格的な海外進出、特に米国市場への進出を検討していた。「国際化」という単語が朝礼でもよく言われるようになった。風邪による少しの欠勤が敏雄の出世に即、響くわけではない。また無遅刻無欠勤でいても、それだけで自分がロサンゼルス支社に呼ばれるわけでもない。だけども、環太には小さなうちから英語を習わせた方がいいのではないか。なにしろこれからは国際化の時代なのだから。雨音が強くなるほど、敏雄は国際化のことを思った。

ただいまぁ。大きな声が響いた。小さな玄関で息子が靴を脱いでいる。黄色い傘の水を払う音も聞こえる。あのねえお母さん、学校のそばにねえ、大きなネットが張られててねえ。

半ドンで午前中に学校から帰った環太は障子を勢いよく開けたが、いたのが母親ではなく父親で、しかも布団に臥（ふ）していたことで戸惑いをみせた。

「おかえり」父親の言葉の力なさにも環太は怯んだようだった。朝、敏雄は出勤するつもりで、いつものように環太を見送ったのだ。

「どうしたの」

「風邪ひいちゃっただけだ、大丈夫。それよりおまえ、靴下濡れてるんじゃないか、取り替えないと母さんに叱られるぞ」濡れてないよ、それよりお父さんね、学校のそばにねえ、ネットが張られててねえ、シンイチくんとケンジくんがねえ、バッティングセンターができるんだぜっていうんだけどねえ、できたら、いってもいい？　背負ったままのランドセルががしゃがしゃと音を立てた。

それはバッティングセンターではなくてゴルフの練習場だと敏雄は思った。職場の側のボウリング場も潰れて後、練習場になった。きっと息子はがっかりするだろう。いいよというべきか、それはバッティングセンターじゃないよと教えるべきか、朦朧とした頭ですぐに判断がつかない。バッティングセンターに行きたいというのは、バットを買ってほしいと同義だ。英会話の教材を環太はきっと喜ばないだろうが、時代は国際化だ。どうしたらいいだろう。敏雄はぐるぐると悩む一方で、新しくできる練習場で存分にドライバーを試す自分を夢想した。

お父さん、ねえ、いってもいい？　揺さぶられてみて、具合の悪さを再認した。帰宅した文子が引きはがしてくれてほっとする。

文子は夫をゆっくり休ませせんとすぐにまた子供とともに外に出た。レストランかデパートか、子供向けの映画をやってる時期ではないだろうし、どう過ごすつもりだろう。天井の木目をみるともなくみながら、敏雄はとにかく風邪を早く治さなければと単純に思った。そういった使命感や義務感が、自分自身の個性とは別に生じることを少しだけ不思議にも思った。どれだけ寝たのか分からないが、次に目覚めたときには枕元に水差しが置かれていた。半身を起こし水を飲む。水はおいしかった。コップをお盆に置いたとき、四畳半の障子が慎重に、数センチだけ開かれた。息子が小さな手で戸を動かしたのだ。

「………」目があった。息子に見下ろされている。

「……お父さん、生きてる」環太は振り向きながら母親に報告した。そして戸を後ろ手で閉めた。障子の向こうで文子のアハハと笑う声が響いた。環太自身が忘れても「お父さん生きてる」は名言として、環太が成人してなお二人にずっと語られるようになった。

だが、子供らしい無邪気な発言という意味合いと別に、実の息子に生存を確認された瞬間、会社の中での自分や父親である自分といったあらゆる「役割」とは別の、寝間着で布団に臥せっている、ただの汗かきの生身の生物である自分自身というものを認識させられ、敏雄ははっとなった。それは周囲を取り囲む雨音とともに敏雄の記憶に刻印されたのだ。

七瀬奈々（88～91年居住）も引っ越し当日ではなかったが、雨降りの夜に風邪をひいた。

仕事先からの帰宅中に悪寒を自覚し、ポカリスエットを買って、途中の坂道でまず少し飲んだ。

（ポカリスエットってこんな味だったか）缶を思わずみてしまう。キンキンに冷えているせいか、風邪で味覚も少しおかしくなっているのか、分からないまま帰宅した。

セミダブルのベッドは頼もしく奈々を迎えてくれた。狭い部屋に置いてからますます、これはよいものだと感じるようになったが、風邪にはさらなり、だ。嬉しくて笑いそうにさえなった。天井の近さに圧迫感を抱かないこともなかったが、横になるとすぐに眠くなった。それはそうだ、風邪だもの。ざーっとノイズのような音が響いたが雨だと気付かなかった。

途中何度か目が覚めたが、雨音を聞くだけ聞いて——誰かが天ぷらを揚げているなどと思いながら——また目を閉じた。

明け方、期限切れの市販薬を一応取り出し、冷蔵庫にいれたポカリスエットの残りで服用した。ポカリスエットは、今度はよく知っているポカリスエットの味がした。なんでだ。

薬は服んだものの、もうだいぶ良くなっていた。十時間以上寝たからだ。

奈々も五郎のようにテレビのコマーシャルを思った。「一に睡眠、二にストナ」とか言う。その言い方は謙虚なように思えるが、まるで分をわきまえてない。睡眠と風邪薬との間の効き目の差は、マクラーレン・ホンダとミナルディ・コスワース間の周回遅れくらいある。二番目を名乗ること自体図々しい。

だから、もう一度寝ようとベッドに戻ったが、さすがに眠りは訪れなかった。まだ雨だれが響いている。暗い天井を見上げているうちに、風邪をひいて寝ていた子供の頃の気持ちを思い出した。今も風邪をひいて寝ているのだが、今思っていることが今のことではなくて、うんと昔の気持ちを今改めて思っているような感じがした。

風邪はつまんないという気持ちを。遊びにいけないし、食べ物もおかゆだし。

そう思えるというのは、風邪をひいていても心は元気ということだ。ということは、自分は痛手から回復しているのだろうか。一人きりで、平気で生きている。仕事も自炊もして、レンタルビデオ店に通ったりするようになった。

元気になったらなったで、みすぼらしい暗い家での暮らしが嫌になっていくかと思ったが、そんなこともなかった。この家に男を連れ込んだら、その男はなんていうだろう。失恋から数ヶ月たった今もまだそんな気には到底なれなかったが、ベッドと砂壁を眺めてみて笑った。

午後三時ごろ、ヘッドホンステレオをポケットに、口には電子体温計をくわえ、出しそびれて玄関の間に溜まっている黒いゴミ袋の山をよけて玄関を出た。外に出ても例によって暗い。廊下の上部のひさしは樹脂トタンの波形で、その凹みの先端一つ一つから雫（しずく）が緩慢に垂れている。廊下の手すりに肘（ひじ）をのせて見下ろすと、向かいの第二藤岡荘との間にいくつか大きな水たまりができていて、まだポツポツと波紋が散り続けている。そのリズムに合わせてではないが、お風呂入りたい、お風呂はともかく髪洗いたい、プリンアラモード食べたい、アラモードでなくていいからプリン的な柔らかいもの食べたいと、欲望を次々思いながらヘッドホンで音楽を聴く。

カセットテープは自分で編集したものだが、曲順を忘れてしまっていた。なので不意にクイーンの『My Melancholy Blues』がかかると興が乗って、小声で口ずさんだ。フレディ・マーキュリーは声だけでなくピアノも優しい。彼の歌の中の主人公は男性でもあり女性でもあるようだ。有名な『We Are the Champions』も、「あたしたちがチャンピオンねえそうでしょう?」と朗読した詩人がいると聞いた。本当だ、と思った。私たちだ。この曲もきっとそう。

「どうか私を止めないでね 嵐になりそうな天候に 立ち向かおうとする私を」そんな激しい内容を歌っているようには思えない歌声だ。そろそろ体温が測定されたかと口から出してみると、液晶表示は最初のままだ。メカは苦手というのは「女の子っぽい」が、こんな棒切れみたいなものでそれを主張して、果たして通用するかね。などと思いながら、ボタンを押してもう一度舌の下に差し入れる。

歩く元気はありそうだが、この荒れた肌と髪でプリン的なものを買いにいくべきかどうか、迷いながらなんとなく身を乗り出すと、ちょうど五号室の真下近くに補助輪付きの子供用自転車がみえた。階段下は駐輪スペースで、ほとんど乗らなくなった奈々のビアンキが駐車してあるが、ちょうどその真後ろにくっついている。

引っ越しの日にみかけた、ジャパゆきさんの子供のかな、と思ってみていたら、ブロック塀の門の外から赤いかっぱの子供が勢いよく走ってきた。かっぱのフードで顔はみえなかったが、引っ越しの日にみた赤ん坊はまだ首もすわらない風だったから、違う家の子だ。小学一年生？　幼稚園？　三歳くらい？　真上からみると子供の背丈が分からない。ポケットの中で音楽を停止させ、子供に見入った。

子供は向かいの第二藤岡荘の鉄階段をカンカンと上った。奈々にみられていることなどかまわないか、気付いていないみたいに二階の真ん中の扉に入っていき、またすぐに、赤いかっぱ姿のままで出てきた。

「ナナ」と玄関奥から母親らしい呼び声がする。（私と同じ名だ！）奈々は階段を降りる女の子をさらに目で追った。十歳くらいか、下に降りると子供はすぐに自転車に取り付き、すぐさま外に漕ぎ出そうとしている。雨なのに。奈々が見守っていることに子供は気付かない。サドルの水もちゃんとぬぐったのかどうか。とにかくがむしゃらな足の動かし方だ。閉まっているところをみたことがないが、ブロック塀の脇には鉄門が納まっており、レールが「へ」の字状の段差を作っている。子供は段差にひっかかったが、自転車を降りずにレールを踏み越えた。

風邪はつまんないというさっきの奈々の気持ちに似た、不機嫌な乗り越え方だ。このまま気付かれずに見送り終えると思ったら、電子音が間近で響き、奈々は焦った。ハンドルを握ったままの子供の頭部が第一藤岡荘の二階に向けてぐるんと動いた。目があうと、想像通りの強気そうな顔の女の子だ。

奈々はまず口に笑みを浮かべてみた。それから、今のは体温を測り終えた音だということを示すため、体温計の柄をつかみ、かざしてみせた。眺めていたことの無礼を詫びる意味で謙虚にやってみせたつもりが、ワトソン君、初歩だよとパイプを持ち上げる探偵みたいになった。

赤いかっぱの女の子はぷいと前を向いた。補助輪がアスファルトに音を鳴らし遠ざかっていく、奈々はあの子と仲良くなりたいと願った。

十畑保の次の住人、霜月(しもつき)未苗(みなえ)も引っ越し当日に風邪をひいた。悪寒に襲われ、発熱を訴えると、友人の桃子(ももこ)が「まかせろ」とすぐにドラッグストアに走り、薬と水を買ってきた。服用して寝たら夜には治った。最近の売薬は効き目が強くて怖い。四角い紙箱を眺めながら未苗は回復したのにため息をついた。

第四話　目覚めよと来客はいった

　引っ越し当日の夜に台所でため息をついた霜月未苗だが、そのまた翌朝も「玄関の間」で、一週間後の朝には外廊下でため息を漏らした。

　最初のため息は、風邪薬の効き目が強過ぎたことになぜか漏れ出たものだった。その翌日のものは、風邪薬を買ってきてくれた桃子がまだ帰らずに泊まっているということに対してで、一週間後のそれは、桃子がこの五号室に当分居座ることが決定的になったからだ。

「あー、あとさー」背後のドアが勢いよく開く音がして、未苗はびくついた。桃子はドアノブに手をかけたまま、未苗のサンダルをつっかけ、ずいぶんな前傾姿勢だった。振り向いた未苗と目をあわせ、お互いが驚いた顔をした。

「びっくりしたぁ」三十秒ほど前にいってきますと外に出た未苗が、まだ外でぼんやりしていると思わなかったのだろう。とっくに鉄階段を降りて路地まで出ていると踏んで、追いかける気まんまんの勢いで飛び出すつもりだった、その気勢を削がれた様子だ。

「あー、うん」未苗は外廊下に立ち止まっていたことの説明をしなかった。桃子、これからも住むのかぁ、と思っていたのだとはいえない。

障子だらけの変な家と思っていたが、桃子が居続けたことで、おおいに意味があると思えるようになった。台所や玄関の間でのため息も、同居人にみられずにすむ。それでも障子紙では音が漏れる(かもしれない)から、さらに用心して玄関の外に出ての大きめのため息だった。

桃子は四畳半に、未苗は六畳に寝た。

「今月号のコミックフラッパー買ってきてくんない？　お釣りあげる」ドアノブを片手でつかんで前傾姿勢のまま桃子は、五百円玉を差し出した。キャミソールの肩紐が片方垂れて、乳房が丸見えだった。もし未苗が路地を曲がってすでに通りまで出ていたら、そのままの姿で追いかけてきたのだろうか。

「フラッパーね、分かった」(豊満だなあ)五百円玉を受け取り、鉄階段に向かう。お釣りでアイスを二人分買おう。門の「へ」の字のレールのあたりで振り返って五号室の扉をみると桃子はまだいて、大げさに両手をふった。裾から今度はおへそがみえた。未苗は笑って藤岡荘を離れる。

風邪薬が効きすぎることが嫌なことなのかというとそんなにではないのと同様に――た

め息こそついたものの——桃子に居座られて憂鬱ということでもない。第一藤岡荘五号室に霜月未苗は04年から08年まで暮らすのだが、ほぼ同じ期間を友人の桃子もともに生活した。

八屋リエ（91〜95年居住）も玄関前の外廊下の同じ手すりに肘をのせて、ため息をついた。手にはヨーグルトと匙を持っていた。

五号室を内見した際に、自分らが泊まるのにもいい、などと頷いていた両親が、一年たって本当に泊まりにくることになったのだ。当初はそのつもりで四畳半を客間にできるようにしていたが、今は物だらけになっていた。父の仕事が忙しいらしく、上京する気配がなかったので油断した。

まず、『ラスト・ボーイスカウト』のブルース・ウィリスの等身大ポップを六畳間に移さなければいけない。六畳と四畳半を隔てる障子を二枚とも取り外し、玄関前の障子にたてかけてあったが、その手前に等身大ポップが置かれている。レンタルビデオ店でバイトしている友達が廃棄するというのをもらい受けたもので、特に大ファンというつもりもなかったが（本当は少し好きだったが）、自室に風変わりな——フラワーロックのような流行ものではない、それでいて独創的な——ものを置くことへの憧れがあった。ブルース・ウィリスの両肩を持つと、表面にうっすら埃（ほこり）がついているのが分かり、一瞬捨てたくなった。他にも漫画やCDのつまったカラーボックスを汗だくで移動させた。他にもすることがあった。たとえば、母親がみたがっているミュージカルのチケットも取らなければならない。ため息ついでに柵から見下ろすとコンクリの凹みに水たまりがいくつかみえた。

見下ろすのをやめて左隣の物干に揺れている洗濯物を眺め、さらに右隣の物干も眺めた。（六号室は男性の単身暮らし、四号室はお子さんがいる）。三輪車がドアの脇にあることもあって、そのように推理したが、隣が四号室ではないことにはリエは気付いていなかった。六号室の住人は医者の卵だと聞いた。不動産屋がおしゃべりで、内見の際に教えてくれたのだが、一度も顔をあわせたことがない。

前の晩、電話口で何泊するの、と尋ねたら母親に叱られた。思いのほか強い調子で。「私の家だ」何泊しても私の自由だと、憮然（ぶぜん）とした声音だった。そもそもというところを持ち出され、リエは嫌な気持ちになった。家賃を出してもらっている他にも仕送りをしてもらっているし、なによりリエはまだ未成年だ。だから母親のいうことは正しい。あっている。あいすぎている。どうせ、どら息子ですよう。娘だけど。

電話ではあわててとりなす口調に切り替え、最後はいつもの親子のやり取りで終えたが、一夜明けて起きてみると自分がふくれっつらだと自分でも分かった。少しだけ泣きそうだった。急にそんな正しさを持ち出されることが、フェアに思えなかった。母が発したのは今そのときの一言だったが、これまでも言語化していなかっただけで、ずっと思っていたということが先の「私の家だ」によって明らかになった。向こうは常に自分を支配下に置いている意識だったということが、過去に遡(さかのぼ)っても帯状に色づいていくようで、そのすべてを受け止めるのはずっしり重い。四畳半の床の電話機をみるだけで嫌な感覚を思い出して、外に出た。だったら、こんなところ住まなくていい。

週に三日、リエは居酒屋でバイトをしている。ベッド脇に「10万円貯まる」と書かれた大きな缶を置き、細長い投入口に五百円玉を落としてもいる（ここ数ヶ月は、ほとんど入れてない）。だが引っ越しには敷金・礼金をあわせて何十万円もかかる。それらをすべて支払ってなお「最初の月の家賃」も事実上、同時に払う。

手に持ったヨーグルトをすくって食べる。前髪が風で持ち上がった。右隣の物干に干されたシーツもめくれあがり、また元に戻った。自分が今いるのと相似形の第二藤岡荘を眺める。同じ高さに二階の外廊下があり、樹脂製トタンの雨よけが張り出してすぐ上は瓦屋根。室内で感じた冴えない気配には慣れてしまったが、藤岡荘は外観だってやはり冴えない。道を挟んだ向かいは高級マンションだ。暮らし始めたころは高級か低級かなど認識していなかったのだが。たまに入口に駐まる車がベンツ、アウディ、ジャガー。シビックやカローラなんかではない、それら高級車を降りる人間は皆、藤岡荘ではないマンションの方に吸い込まれて行く。藤岡荘側は、見下ろしてもそもそも自転車しか停まってない。あと三輪車。昔読んだ『21エモン』のホテルギャラクシーとつづれ屋旅館の関係みたいだ。

やっと笑みが洩れる。

別に、向かいのマンションに住みたいわけでもない。壁が明るくて、浴槽が漏らなくて、台所の蛇口からお湯が出るくらいのところには暮らしたいけども。

向かいの第二藤岡荘の、右手の扉が開き、女性が出てきた。主婦だ。パステルグリーンの籠に洗濯物がうずたかく積み上っている。目があったら会釈をするつもりで身構えたが、まるで気付かないか知らないふりで、手すりの上方にある物干竿に洗濯物を干し始める。曇天で、乾くかどうか。何度かパン、パンと良い音を立てて洗濯物を伸ばし、無言で作業を終えると空の籠を手に家に戻った。作業はとてもてきぱきしていて、時間がきたら自動的に動くからくりが始まって、所定の動きを終えたので元通りに収納されたみたいに思えた。自分も洗濯しようとリエは思った。無個性である（というか、ただ作業のために動く）ことが悪いことではないと、そのときだけ思えたのだ。

八屋リエの両親はその翌週にやってきて三日間滞在した。外していた障子を取り付け、様々なものを六畳間に移して出迎えたが、母親は六畳間の障子も率先して開け、しっかりと検分し、無駄遣いについての小言を忘れなかった（ブルース・ウィリスとばっちり目をあわせたが、一瞥しただけで相手にしなかった）。翌年も翌々年も訪れて、リエもだんだんあしらいを覚えた。退去するまで大学の仲間が訪れることはあったが、宿泊までしていったのは両親の他、恋人の晶久だけだ。

藤岡一平（66～70年居住）は大学の仲間を家に呼んだ他、隣家の住人まで招き入れた。学内では運動が続いており、一平もいくつかあるセクトの一つに所属こそしたが、そこでのやり取りはいたって呑気（のんき）なもの――バリケードをものものしく積み上げた教室の中ではもっぱらトランプしたりギターを鳴らしたり――だった。樺美智子（かんばみちこ）の写真をブロマイドみたいに持ち歩く後輩に、その人なんて曲歌ってるのと尋ねて睨（にら）まれたりした。安保という言葉さえ、セクトと同様のカタカナの如き軽みでただアンポアンポと口にしていて、だがそういう学生はシリアスな表情の連中の中に案外、大勢混じっているものだった。

大学四年生のころに麻雀ブームが訪れる。五号室の両隣は若夫婦と学生で、その両方からジャラジャラが聞こえたので、遠慮はいらぬと一平も仲間を招き入れるようになった。ときに隣家の者も交えしばしば卓を囲んだ。下階の住人に苦情をいわれることもあったが、自分よりも大人である隣人達がなぜかまるで平気そうなことで一平も気を強くした。朝、牛乳配達が鉄階段をカンカン鳴らし、瓶同士のぶつかる音がかすかに響くまで遊ぶと、足腰のしびれと反比例するような充実感があった。

「ダダだのアナーキズムだの叫ぶ奴らより、俺らのが、よほど実践しているっての」ある日、泊まりにきていた同じゼミの男が、紙マッチの炎を手で包みながらいった。

「ははっ、ちげえねえや」一平はちっぽけな四畳半と、何日も風呂に入っていない友人の顔を眦め、賛同の気持ちに包まれつつ、就職のことをぼんやり考えてもいた。実際には一年半ほどしか興じなかったのに、藤岡荘の思い出は麻雀ばかりだ。住むということが、座って卓に向かうということだった。大勢が座布団やビール瓶や、そこらにあるなにかを枕に、炬燵で寝ていった。四人が寝転がれるよう炬燵は六畳間に置かれるようになった。夏は障子はおろか、窓から玄関のドアまで開け放たれ、冬は六畳と四畳半を隔てる一カ所を除き障子はすべて閉じられた。四人が炬燵を囲んでそのうえストーブも置くと狭いので、四畳半の端に置いて暖としたのだ。

「あれぇ、ここは石油ストーブ禁止でしょう?」

「いいんですかぁ」隣家の夫婦は、一平が大家の息子と知っていた。

「大丈夫、大丈夫ですよぉ」一平は卓に不要牌を捨てながら、顎で外を示した。学生と思えない堂に入った仕草で。

「あれがあるから」藤岡荘には最新式の火災報知器がついていた。向かいの第二藤岡荘の一階の、左端の扉の脇に、箱形の装置が納まっている。「火災報知器」の活字がわざわざプレートで貼付されており、その装置はさらに白いケースに保護されている。ケース自体は白だが、計器類が視認できるよう、蓋は透明のプラスチック素材だ。

そして二棟とも、上下階それぞれの壁に赤い非常ベルのボタンが取り付けられていた。小さなアパートには珍しいというか、不必要な規模の警戒に思えた。それらのボタンと報知器とがどのように関連しているのか、一平も隣人もよく知らぬままだった。

そんな風に油断しているようでも、一平は煙草の吸い殻は捨てる前に必ず水をかけて始末に気を配り、ボヤ騒ぎを起こすようなこともしなかった。プレッシャー（という言葉は当時広まっていなかったが）は表の大層な火災報知器ではなく、むしろ柱時計から感じさせられた。

四畳半の障子のない壁面には古臭い振り子の時計が掛けられていて、狭い家に不似合いな音を響かせた。一平にとって、特に高価な時計ではなかった。実家からなんとなく持たされたものだ。時計なんてどれでもいいと思っていたのだ。だが、住んでいるうち、どんどん柱時計は古くなった。古びたのではなくて古く感じられるようになった。視覚ではなく、大仰な音のせいかもしれない。工場や車の騒音が徐々に問題視され、家の中は静かになっていった時代でもある。来客達は「ボーンボーン、か」と、意味もなく反芻（はんすう）し、真似をした。一平君はボンボンだから、と若夫婦には冗談を言われ、一平も否定せずに笑って受け流した。だが割れやすい酒屋のコップでビールを呑みヘラヘラしながら一平はときどき、時報とは別の音を意識することがあった。カチカチという規則的な振り子の音だ。

たまに、五号室に誰も集（つど）わないときもあって、一人背中を丸めて本を読んでいる際も振り子は時刻を刻み、立派な音を鳴らしていた。電気式や電池式の掛け時計も種類は豊富にあったし、モダンなデザインの目覚まし時計がいくらも売られていた。特に由緒や思い出のある時計ではなかったが、なんだか使い続けた。好きとか気に入っているというようなつもりもなかったのに。

規則的な音を普段は意識しないが、不意に気付くとそのたびに気持ちがしんとなった。軽薄な自分がその音を知覚したときだけ、聡明になったような、冷たい水で顔を洗ったような錯覚があった。麻雀の最中にも頭が冷静になる気がしたし、悪い感じではなかった。ねじをひとたび巻けば十日は動き続けるのが、卓上の目覚まし時計よりなお頼もしいものと思えた。さりとて著しく思い入れの強いものでもなかったため、転居する際、役満を振り込んだ形（かた）として隣の若者に時計は譲られた。以後の人生で柱時計を使うことはなく、だから一平の藤岡荘の思い出には、鐘と秒を刻む振り子の音が麻雀のジャラジャラに混じっている。

その鐘の音は二瓶夫妻（70〜82年居住）も耳にした。一平の隣室の住人が引き取った時計は、彼の部屋のやはり四畳半の、障子のない面の壁の上方に取り付けられ、数年は使われた。

引っ越してきた日の夜に鳴り響いた鐘の音に、二瓶敏雄と文子は顔をみあわせた。一時間ごとに鳴っていたのだろうが、バタついていたからか気を張っていたせいか、耳に入らなかった。二人は鐘の音の途中から一緒に——子供のころからの癖か条件反射のように自然に——数を数えた。

「ろーく、しーち、はーち、くー（きゅー）う、じゅーう……」

枕元の目覚ましが十一時を差しており、十一回鳴ることはあらかじめ分かっていたが、聞き終えると妙な満足感を二人ともに感じた。

「今時、柱時計なんてな」

「そうね」もっとも、感興に包まれるばかりでもなかった。つまりこれは、直前まで暮らしていた社宅と同様、ここも「音が響く家」だと知らしめる音だ。そうだろうと内見のときから分かってはいたが。隣家の音の鳴るのは構わない、自分たちはなるべくよそに迷惑をかけることのないようにしたい。

文子はかわいい鳩時計——銀座の家具屋でみかけた、品のよいデザインの——を買うつもりだった気持ちを率先してしまい込んだ。むしろ、針の音がしないことが売りの、コンセントに差し込んで使う壁掛け時計を選んだ。それは四畳半の、やはり障子のない壁面の、かつて柱時計のあったのと同じ場所に取り付けられた。L字型のフックも残っていたのだが、それは寸法があわず取り替えられた。ペンチで抜き取りながら、前の住人は額装された大きな油絵でも飾っていたのかと敏雄は不可解だった。電気屋の人がカスガイのようなものを柱や床の端に用いながら、時計のコードを壁のコンセントまで這わせてくれた。

壁越しに聞こえる柱時計の鐘の音を意識する度、二人は電気時計に目をやった。その時計の指す時刻と、鐘の数は同じで、当たり前なのにそこはかとなく嬉しかった。せっかく秒針の音のしない時計を買ってきたこととも矛盾するのに、だから楽しいのかもしれないと文子は感じた。

九重久美子（95〜99年居住）もしばしば壁越しに音を聞いたがそれは時計の鐘ではない、テレビや長電話などの生活の音だ。特に夏、風呂につかっているとき、妙に電話の声音が響いてきた。藤岡荘の各室は、洗濯機置き場、風呂、トイレそれぞれに窓がついている。それらはすべて外廊下に面しているから、どの窓も磨りガラスだ。アルミサッシではない木枠の窓で、木の柵のようなものが外側にあてがわれている。さらに五号室に限っていうと、木の柵のさらに手前に蚊よけとして、網戸用の網が張られた。これは三代前の住人、六原夫妻（85〜88年居住）の夫睦郎が、ホームセンターで購入した網を画鋲で張ったものだ。

久美子は換気のため、入浴時は少しだけ風呂の窓を開けるのだが、隣室の人間はそれら窓を常に全開にしているのらしい。おそらく電話機は玄関の間にあるな、と先方の部屋の使い方を想像した。

隣室の住人は医者だと久美子も聞いていた。おしゃべりな不動産屋が内見の際に（リエにだけでなく一様に）教えてくれたのだ。なんでも奨学金で博士号をとり、医者になった後も借金を返しながら勤務しているのだそうだ。駅前の大病院を思い浮かべ、次に、白衣を着用したまま忘れ物をとりに、藤岡荘の鉄階段をカンカンいわせる若きドクターの姿を想像する（聴診器忘れた！）。

しかし、風呂で耳をすましているときに聞こえてくる電話のやり取りははなはだ軽薄で、苦学生あがりの立派な若医者には到底思えない。

いやいやいやいや。湯船から出した顔を久美子はブルブルとふった。医者だからといって、軽薄なやり取りを一切しないということはないだろう。マジで？　とか、それってまさにチョベリバじゃないですかーと大笑いする医者がいたっていい。長風呂で、だんだん緩慢に下がる浴槽の水位（漏るので）を眺めながら電話に聞き入る。バランス釜は追い炊きができるのがよいところだが、足し湯ができないのは欠点だ。六原夫妻のときから始まった浴槽漏れの原因を、その後の七瀬奈々（88～91年居住）、八屋リエ、そしてついに久美子も退去まで特定できなかった（漏れが緩慢すぎて、特に不便を感じなかったせいもある）。

翌日、大学から帰宅した際、久美子はいつものではない奥の方の鉄階段を上り、隣室の様子をうかがうことにした。階段を上る前から洗濯物がみえていた。樹脂トタンの下に渡された物干には、Tシャツや下着がどっさり干されている。今日が彼の休日で、たまった洗濯物をまとめてすませたといったところだろうか。鮮やかな色のものや、NBAのバスケット選手のユニフォームを模したタンクトップなどで、もちろん私生活でそんな服を着用する医者がいてもよいよいと心中で唱えながら、それでもどこか、疑いのような気持ちも湧き上がる。医者だとして、どんな人物なのか。久美子は顎に手をやり、それから背を少しかがめて忍び足で残りの階段を上った。「6」と数字の書かれた扉に立ったとき、大きな音が鳴り、立ち止まった。背後の第二藤岡荘の、二階の左端の扉が大きく開け放たれたのだ。

開け放たれた音にもだが、現れた女の子がうろんげに周囲を眺め回したことで久美子は怯んだ。静止していた忍びの格好をそっとやめた。

「待ちなさい」扉の奥から叱責の声がして、今度は女の子が腰を落とす格好になった。

「いいの！」親にもまるでめげない強い言葉を放ち、小学生くらいだろうか、女の子は素早く階段を駆け降り、停めてあった子供用の自転車にまたがると、競輪選手のような立ち漕ぎで走り去ってしまった。

「五時までに帰ってこいよ、留守番してもらうからな！」出てきて声をはり上げたのはエプロン姿の男だった。しばらく二人で耳をすませたが、女の子の返事はなかった。

どうも、お見苦しいところをおみせしまして、的な会釈を男はしてみせ、手に持っていたフライ返しをあわてて背に隠した。いえいえそんな、的な会釈で久美子も応じた。今、ちょうど部屋に入るところだったんですよーという素振りで六号室の扉に手をかけそうになってしまい、不自然な足取りで五号室まで歩いた。また振り向くと男は久美子をみていたので、もう一度会釈を交わした。男は静かに扉を閉めた。背の高い、無精髭の、三十代前半くらいの男だった。箇条書きに特徴を脳内に反芻しながら自室に戻り、二つに割れるコーヒー味の氷菓を冷凍庫から取り出して半分に折り、また外廊下に出てお向かいをみやった。今のフライ返しは、主夫か？　シングルファーザーか？　三十代後半ではなかった、前半だ。

とにかく、九重久美子の意識から直近まで生じていた六号室の医者に対する興味は新たな謎に追いやられてしまった。フライ返しのことをひとしきり夢想してしまった後で、でも私、あの子と気が合うかな、意気投合するか、ものすごくそりが合わないか、どっちかだな、などと勝手なことを考えながら溶けてきた氷菓をすすりあげた。彼女はみたところ、小学生でも高学年だろうか、身体にそぐわぬ小さな自転車を乗りこなしていた。藤岡荘の建つこの街は坂ばかりで、自転車での移動は久美子には到底考えられない。自転車が彼女を強気にさせるのか、強気だから漕ぎ回れるのか。空になった氷菓をビードロのように吸ったまま、向かいの瓦屋根をてんてんと動く雀を眺め続けた。

九重久美子は学内に友人も多く、決して非社交的な人間でもなかったが、彼女の暮らす五号室を訪問した客はこの親子だけだった。それぞれが別々に、一度ずつだ。

久美子が気にした医者の住む六号室に三輪密人（82〜83年居住）は侵入したことがある。

ある日、密人は自室をノックする、黒い服の女の背中をアパートの外の路地で認め、とっさに郵便受けの脇から藤岡荘の側面に入り、さらに裏へと回った。それでも油断しなかった。あの女が五号室に踏み込んだとしたら、まずは部屋を物色するにせよ、すぐに六畳間の窓から下を覗き込むだろう。ここにいてはいけない。アパート自体から離れることも考えたが、ここで女の裏をかいて立ち向かい撃退しない限り、ずっと丸腰で逃げ続けることになる。

密人は裏から五号室の窓を見上げた。真下の部屋に侵入すれば上階の音を聞き取りやすいが、明らかに室内に居住者の気配がする。密人は潜入には心得があった。第一藤岡荘と、畑をつぶしてできた隣家との間にはブロック塀があった。塀の上にまずは飛び乗り、五号室の隣の六号室の窓の柵をつかみ、懸垂で取りつく。身軽にこなしたため、在室中の一階の住人に気取られることもなかった。回転式の錠を動かす術も心得ている。汗ばんだ手で六号室のサッシを上下に動かして開け、六畳間に入り込んだ。中はがらんとしていてペンキの匂いがした。鉄階段のカンカンいう音が響くと、靴を手に持ち台所から玄関に移動し、ドアスコープを覗いた。やるなら、とにかく室内に引き込んでからだ。目を光らせながら、自分が最後に行った殺人を密人は思い出そうとした。密人は凶器を使わない、大抵は絞殺だ。革手袋がないので、出来ればここでは行いたくなかった。首筋に汗を感じたが、首だけでなく体中が汗ばんでいた。女は向かいの第二藤岡荘の呼び鈴を一つずつ鳴らしているようだ。住人が出てきた部屋もあったが、全員がちょっとの応対で扉をしめているようだった。

女が去ってから密人は、六畳間のアルミサッシではなく普通に玄関のドアを開けて外に出た。五号室に戻ると新聞受けに「めざめよ」と太字で記されたチラシが挟まっていた。「思いっきり、目覚めたよ」シャレのようなことを密人が思いあまつさえ口にするのは珍しいことだ。部屋に入らず振り向いて（他の住人達ものちにそうしたように）手すりに肘を置き、密人はマッチを擦り、ため息をつくかわりに煙草を吸った。未入居の六号室を除く、一階の二室も隣室も向かいの第二藤岡荘も、すべての物干に洗濯物がどっさり揺れていた。

「春だな」とまた自分らしくないと思うような言葉を密人はつぶやいた。全身の汗を自覚しながら。

「めざめよ」の人は居住者達の移り変わりとは無関係のタイミングで藤岡荘を訪れ、多くの住人はすげなく扉を閉じたり居留守を使ったりした。密人の次の住人、単身赴任の四元志郎（83〜84年居住）もそうしたが、五十嵐五郎（84〜85年居住）は部屋に招き入れた。そして彼以後、藤岡荘でも五号室にだけは「めざめよ」が近寄らなくなる。

初め五郎は、ドアスコープ越しに話を聞いて、おばさんが「めざめよ」だとすぐに気付いた。どうやら長くなりそうなので、パンフレット置いて行ってくださいと相手の言葉を遮る形で声をかけた。新聞受けにパンフレットを差し込み、おばさんはおとなしく帰って行った。

パンフレットを要求したことで興味をもったと思われたか「めざめよ」は翌週もやってきた。やはり聞いているうちに飽きてきて、「パンフレットあれば置いて行ってください」と遮ると、同じように新聞受けに差し込んで帰って行った。前週のと同じだった。

初夏の暑い日、ドアスコープを覗くとめざめよのおばさんが汗をかいているのが分かり、ほだされたわけではないがドアを開け室内に招き入れた。暑いから麦茶と思ったが、まだ冷蔵庫の中で十分に冷えていなかったので、急須を逆さにして手でぽんと叩いた。来客に二番煎じはお出しできない。丁重にお茶を出し、卓上に取り出されるパンフレットを手に取って、おばさんの説明の言葉に、ほお、とか、はあ、と返事をしてやった。

いよいよ集会への誘いが始まったので、「ああ、あの、バッティングセンターの近くの教会ですか?」と明るく尋ねると、そのときだけ別の生き物みたいな激しさで横に首を振った。その後もしばらく、懸命に勧誘しているらしい音声を鷹揚(おうよう)に聞き流していると、タイマーが作動して障子の向こうでラジオが鳴り始め、おばさんは黙った。

「失礼」再生音量を絞っても別に録音には支障ない。立ち上がり障子を開き六畳間に入ってラジオの大きなつまみをいじって音量を下げ、ゆっくりと戻ってくるとおばさんが広げたパンフレットをかき集めていた。慌てた様子で立ち上がり、暇(いとま)を告げる。

もう少し、キリストの話を聞いてあげてもよかったのにな。おばさんがむしろ自分に脅えていることに、玄関までの急ぎ足をみてやっと気付いた。

「？」

玄関から四畳半に戻ると、障子の隙間から巨大な三角形が黒々と透けてみえ、ああ、これに脅えたかと得心がいった（この「めざめよ」のおばさんは危機を感じなくてよいときに感じ、三年近く前の住人にあわや殺害されそうになっていたことは知らないままだった）。

宗教の勧誘をも退散させるほどの力があるのならば俺は、三角教、いや正三角教の教祖にでもなろうかしら。卓上にレースのハンカチが忘れられているのを手に取り外廊下に出たが、もうおばさんは消え去っていた。

普段なんのメランコリーも抱くことのない五十嵐五郎もこのときだけ手すりに肘をのせて、ハンカチを手に黄昏(たそが)れた。姿はみえないが、門の向こうで子供が自転車を漕いでいる。子供用自転車は、補助輪が地面に触れる時にガアガア鳴るから音だけでそれと分かる。音は遠ざからず、視界にも入ってこないから、ここからはみえないあたりをいったりきたり遊んでいるのだろうか。このアパートに住んでいる子だろうか。ほどなくして買い物袋から窓を飛び出させた主婦が門を入ってきた。おそらく向かいの住人だろう、五郎は戯(たわむ)れに持っていたハンカチをふってみようとして、さすがに馴れ馴れしいと思ってただ会釈をした。あと、趣味の仲間が数人家に入ったきりで、五郎の部屋に宿泊した者は一人もなかった。

来客が最も多かったのは霜月末苗の次の住人、アリー・ダヴァーズダだった。ダヴァーズダ自身、何人が宿泊していったか分からなかった。引っ越し当日にバイト先の先輩が夜更かししていったし、イランから来る友人たちも、日本での住居が確保できるまで、かわるがわる五号室に寝泊まりした（変な間取りだと彼も思ったが、イランの家と比べてという意味でだった）。六畳と四畳半だけでなく玄関の間にも毛布や布団を敷いて、一度に十人寝たこともあったが近隣の誰も文句をいわなかった。両隣とも彼の暮らす前からずっと空き室になっていた。

第五話　影

アリー・ダヴァーズダは障子紙が分からなかった。

五号室の内見の際、真ん中の四畳半に立ち、薄く光の漏れる六枚の障子戸に囲まれたときはエキゾチックジャパン！　と感動さえしたのだったが。引っ越し初日の夜にあらためて開閉を繰り返し、これは、戸じゃないと思った。

紙じゃないか。人差し指と中指を突き立ててみたら、ずぼっと穴があいた。よく観察すればそれが紙だということはすぐに分かったのに、自分はなにをみていたのか。

前年の秋に日本の地を踏んだ。空港からバスに乗り、地図に何度も目を落としながら歩いてたどりついた先輩のワンルームマンションは、狭いが鉄筋だった。外食チェーン店に面接にいき、その夜から一年間通いつめた厨房も、プレハブの休憩室も、蛍光灯が白く輝く映画学校の教室も、先輩に連れていかれたボーリング場も、小金を貯めて巡った不動産屋まで、ダヴァーズダのみてきたあらゆる建物にエキゾチックな要素はほとんどなかった。

テヘランの大学に通っていたときにみてきた建物や道路と、日本の都市の景色と比べてもさほどの違いはない（藤岡荘の建つ街よりもテヘランの方が栄えているくらいだ）。異なるのは日差しや湿度や埃っぽさだけ。

ニンジャの活躍する——といっても、ときにそれは亀のニンジャだったりしたのだが——アニメや映画を幼児のときからみてきて、ニッポンの和室や畳というものをなんとなく知っていたし、格子の向こうに敵のシルエットだけが浮き上がる演出に障子はしばしば用いられていた。でも材質が紙とは知らなかった。薄くて白くて透けるかっこいいなにかだと思っていたのだ。

こんなの、戸じゃない。穴の空いた（自ら開けたのだが）障子をみてダヴァーズダは落胆した。部屋と部屋の此（これ）と彼（かれ）を隔て、ときにつなぐ、それが戸の定義だとしたら、すぐに破れてしまい、音も丸聞こえの材質では用をなさない。昔の西部劇の背景の雄大な山々と夕日が不意に「絵」だと気付いた瞬間のように、気持ちが色あせた。

「なにやってんだよ」振り向くと、発泡酒の缶を手にした大迫（おおさこ）センパイが立っていた。日本では、皆がなんだかセンパイだ。名前をあまり呼び合わなくていいようになっている。最初に転がり込んだ同郷の先輩も、やはり同郷の仲間には日本語で「センパイ」と呼ばれていた。バイト先で親しくなった人もセンパイだった。大迫は映画学校で親しくなった「映画のセンパイ」。

「自分で自分の部屋を覗き見してどうするんだっつーの」ハハ、と大迫センパイは自分の冗談に自分で笑った。腰の位置に太い二本の指で空けたばかりの穴をセンパイは覗き込む。

「これ、すぐに穴、開きますね」

「自分で開けたんじゃん」そうですが、とダヴァーズダは小さくだが納得がゆかない。センパイの返答から推察するに、どうやらこの五号室の戸だけが粗悪な偽物なのでなく、ニッポンの障子というものはすべて紙であるのらしい。穴を覗き込んで暗さに気付いたのか、センパイは四畳半の蛍光灯をつけた。壁際のスイッチでなく、照明自体の紐を引っ張る形式も、日本にきてから初めて出会った。

「寒くなってきたな、えーとリモコンどこだっけ、リモコン……」住むのはダヴァーズダなのに、それより慣れた様子で大迫センパイは部屋を移動した。

「たしか玄関の靴箱の上に……」電力会社やガス会社の使用説明書などと一緒にエアコンのリモコンが置かれていたことにも、ダヴァーズダは気付いていなかった。

「あーっ、そう！」玄関からのセンパイの声がよく響く（それもそうだ、なにしろ戸がただの紙なんだから）。

「一体、どうしましたか？」障子戸はいかにも軽く動いた。

センパイが差し出したエアコンのリモコンには正方形の付箋が貼ってあった。

［冷房専用。暖房だとブレーカー落ちます］

「お前え、あれだ、近いうちに上等なストーブ買わないと、死ぬぞ。ジャパニーズコタツを買わないと……」無駄に格好をつけた言い方を大迫センパイは好む、ダヴァーズダは慣れていた。

「……死にますか」

「死ぬね」日本の冬なめんな。なめてません。

アリー・ダヴァーズダは09年秋から無事に三回越冬し、12年春までを第一藤岡荘五号室で暮らした。障子に開けた穴は、当たり前だが引っ越すまで開いていた。

霜月未苗（04～08年居住）はエアコンのダクトの穴を五号室の六畳間の窓脇に開けた。エアコンのリモコンに付箋を貼り付けたのも未苗だった。

エアコン本体をもたらしたのは同居人の桃子だ。桃子はさまざまなものを次々と五号室にもたらした。

毎夜、渋谷駅から四十分近く揺られながらの帰宅で、未苗が藤岡荘にたどり着くのは夜九時を回ることが多かった。鉄階段の片方をのぼるともう、五号室にいる桃子の鼻歌（というにはめりはりのある歌声）が「好きだといってるじゃないの　ホッホー」と漏れ聞こえる。それで階段の途中で顔をあげ、鞄の紐を肩にかけ直す。まだ、両隣から苦情を言われたことはない。サビのいいところまで歌わせてあげてから入室した方が、向こうもバッが悪くないかもしれないと外廊下で歩幅を調節してみたりするが、歌が盛り上がってくるとやはり不安になり、急いで鍵を差し込んだ。

「桃子あのさ、もう少し小さい声で……」言いながら室内に入る。昨夜も鼻歌が大きく、同じ台詞（せりふ）で入室した。それで「もう少し」の部分がより抑揚のある口調になった。と、床の荷が目に入って言葉は続かなくなる。毎週のように、五号室には新たな荷が届く。すべて桃子のもので、いつでも桃子はそれらを開梱したり、玄関の間にいったん広げたりしていた。小さな家具を組み立てているときもあった。大抵は持ち込みを事前に断ってくれてのことで、未苗も了承しているのだが、それでもなんだか驚く。桃子は手に缶ビールを持って立っている。

「今日はニラと焼き豆腐炒めだよ」桃子はもう食べ終えたらしい、シンクには食器が汚れたまま置かれている。

「これ、どうしたの」玄関の間に座って靴紐をほどきながら顎で「これ」をさした。

「うちから持ってきた」くるんだ毛布の上からビニール紐で縛ってあるそのモノが、なぜだかすぐにエアコンだと分かった。横長で、だが単純な四角形ではない、ダクトにつなげる管が飛び出ている。

「ごめん、工事費は私が出すから」ということは設置する気なのか。

「でも」台所側から、中華鍋の中の料理を横目にしつつ六畳に移る。

「夏、これあった方がいいときっと」そうたた。桃子が居候を始めて三ヶ月が経っていた。一度に多くを語らないので、呑み話の断片を総合するに、長年だらだらと続いた恋人だか内縁の夫だかとの別居を、桃子は一時にでなく、緩慢に成し遂げつつあるようだった。最初は気に入りの皿一枚で始まった。立派なぴかぴかのドライヤーを持ってきたときは、新たに買ったのかと思った。恋人と暮らす家からせっせと持ち出しているのらしい。

それどうしたの。尋ねたのは皿の（ノリタケの）ときだけだ。

「気に入ってるから、持ってきた」他も、どうやら同じ理由だ。桃子の家がどこにあるか、ずっと知らない。五号室に引っ越す数日前に、スナックのカウンターで出会い意気投合した。桃子が入力したはいいがサビしか歌えなかったカラオケ（沢田研二『時の過ぎゆくままに』）をとっさに未苗が引き取ったのだ。

食器は「最初」ではないのかも。六畳の自室に入りノートパソコンの電源を入れると起動音が鳴り響く。後で思うに、未苗の引っ越し初日からスプーン一本、消しゴム一個という小ささで、持ち込みは始まっていたのかもしれない。目視できるノリタケまで、緩慢な移行作業の黎明を見逃しただけかもしれぬ。

ハンガーに上着をかけて六畳間の鴨居につるして気付いた。そういえば針金でないこのご立派なハンガーも桃子のものだったと。これはえーと、いつごろの持ち込みだったか。なにかの数式に従ってそうなっているみたいに、荷は少しずつまちがいなく大きくなっている。桃子の暮らす四畳半では家具類が、三方に二枚ずつある障子戸をすべて片方だけ殺す形で置かれ、どの出入りもギリギリ死んでいないらしい。そのことに対し、言葉には出さないが共感のような気持ちがある。私もそうするだろう、という。

　つまりあれだ。背中のジッパーをおろしながら思う。桃子はときどき、まだ恋人とも会っているということだ。たいてい五号室にいるようだけど、いつ会ってるんだろう。

「お風呂もわいてるよ」四畳半から声がする。ありがとう。着替えをもって移動する。また中華鍋を覗き込んでほくそ笑む。料理も作ってくれて、至れり尽くせりだ。うっとうしいかもと当初は思っていたが、おおむね彼女との暮らしは楽だ。四畳半の三方の障子戸はすべて閉まっており、六畳から台所を経由することで、互いの姿はみないまま玄関の間までたどり着くが、エアコンにつまずきそうになる。でかいな、エアコン。

　子供の頃、ノアの方舟（はこぶね）の絵本を読んだ。両親ともキリスト教徒ではなかったが、幼稚園にあったのだ。方舟に乗る動物は一つがいずつ。ページの下でノアに導かれる行列の先頭は蟻（あり）から始まって、小鳥、蛇、猫……といった小動物が続き、列のはるか後方に象が二頭みえる。

　これはそういう別れだ。

　つまり桃子は、恋人と縁を切るに当たって、とても微細な段階を踏んでいる。もっといえば、恋人と縁を切るということを「儀式」としている節がある。みたことのない桃子の恋人と、その部屋を思う。方舟に順に乗せて、別れの大海原へと出航する、とかいって。

エアコンは、ノアの絵本でいうと虎くらいまできたか。ドライヤーやハンガーはまだしも、いきなりエアコンなくなったら(向こうが)困るだろうになあ。プラスチックの脱衣籠に下着を脱ぎ捨て、髪をたばね浴室に入る。

「そうだ、お釣りでアイス買ってきた?」毎週、漫画雑誌の購入を頼まれている。

「お釣りじゃ買えない」自分の声が反響する。引っ越し後間もないときに五百円玉を渡され、いかにも気前よさそうに「釣りはやる」といわれたのを思い出し、声のない苦笑いが漏れる。

「そうだった」そうだった、の後もなにか喋っているようだが、桶に湯を汲んで何度か体を流し、桃子の声が聞こえなくなる。古いバランス釜にはシャワーがくっついていたが、五十嵐五郎(84〜85年居住)の代で壊れていた。

体を洗い湯船につかる。虎ですめばいいが、象までいったらどうする? 象、象ってこの場合なんだろう。大型テレビとか、ダブルベッドとか。持ち込まれても、あの扉から到底入るまいが。いや、桃子なら入れちゃうかも。外廊下からオーライオーライと手をふりながら、ピラミッドの石のような荷を運びいれる人足どもに堂々たる様子で指示を出す様が浮かぶ。

扉の代わりに窓をみる。全開にしたいが、夜のこれくらいの時間でも、隣人が外廊下を通ることがある。左は三十代くらいの独身男性で、不動産屋から医者だと聞いていた。右はアジアのどこかの国からの出稼ぎ夫婦のようだ。

　夏場、風呂場はともかくとして、洗濯機置き場の窓を開けないことには暑くて大変だろうと危惧（きぐ）していたが、桃子のエアコンを設置したおかげで、結局開けずにすんだ。

　夏の夜に帰宅すると未苗は必ず思った。エアコンはよいものだ、と。どこの公共機関の冷房も強めで、いつもは音をあげ、呪っているのに、この五号室でだけは格別だ、と。

　会ったこともないが、歴代の住人たちはこれを知らずかわいそうだった、とさえ思い致した。未苗は虎を想起したが、その虎が実は二匹いたことには思い至らなかった。二階には置けるはずのない室外機が、第一藤岡荘と隣家の敷地との狭い隙間に既に設置されていたことを。一階住人のエアコン室外機や大型ゴミをよけて、上から隙間に差し込むように設置されたのだ。平日の昼間に、桃子と電気屋のおじさんが大変な苦労をして（桃子は既に置かれていた室外機にまたがりさえしながら）設置し、最後には互いにおおいに労を称え合ったことを未苗は知らない。

　肌寒さを感じて未苗が暖房をつけた秋の夜、部屋の照明とテレビとが一斉に消え、冷蔵庫のモーター音も途切れた。ノートパソコンにはバッテリーが搭載されていて、しかし画面は一段階暗くなった。暗闇の中、やがて四畳半の障子越しに桃子のシルエットが現れた。懐中電灯かなにかを彼女は持っていたのだろうか。

「ヒューズが飛んだ」という声音は嬉しそうにも響いた。

「ヒューズじゃないけどね」

障子越しに光とともに動くのは、彼女の頭らしい。未苗はそのときだけ彼女を、彼女の影をしみじみと眺めた。普段あまり覗き込まないようにしている四畳半の、家具らしい物体もいくつか四角い影になった。そんなような、せっせと持ち込んだ自分の荷に囲まれて、小さな家のとくに小さな部屋で、なにやら「動いている」女のことを急にいじましく感じた。

光は遠ざかり、向こう側の障子の開く音がした。ブレーカーは玄関の扉の、明かり取りのさらに上方だ。ノートパソコンの画面に目を落としつつ、電気が復旧するのを待ち構えていると、台所からの障子が不意に開き、未苗は声をあげてしまった。

「ブレーカーに手が届かない……なに驚いてるの」

「いや、うん」椅子ね、椅子椅子。スツールの上に積まれた雑誌を未苗は両手で取りのける。今さっき未苗が驚いたのは、不意に現れるにせよ、桃子は四畳半の障子を開ける気がしていた(四畳半の主なので)のと、桃子が持っていたのが懐中電灯ではない、立派なロウソクだったからだ。

「グラグラしない?　グラグラしないこれ?」

「たぶん大丈夫」停電用にロウソクを常備する女かあ(女王様?　五寸釘?)。二人分の靴を玄関の間に移してから、スツールをたたきに置いた。皿に立たせたロウソクを未苗は受け取り、桃子が椅子に乗った。

（なんだか全然、いじましくなんかない女だった）照明が復旧し、冷蔵庫とファクシミリが背後で音を立てるや、桃子はすとんとスツールから降り、吹き矢のような野太い息で未苗の手の中の炎を吹き消した。何本でも吹き消すことができそうだ、未苗は感嘆した。

歴代住人の多くはロウソクを常備していたが、五号室内でロウソクに火が灯ったのは桃子がつけた夜と、二瓶環太（71～82年居住）の年に一度の誕生日ごと（桃子と違って一時に吹き消すことは一度もできなかった）と、あと単身赴任の四元志郎（83～84年居住）が停電の夜に灯したときだけだ。

四元志郎は買い物袋を床に置き、照明のスイッチを何度かかちかちさせた（五号室で照明がスイッチ式なのは玄関の間と風呂トイレだけ）。そういえば駅からの道路は濡れていたし、夕方の落雷でヒューズが飛んだなと志郎は推理した。電気屋に連絡したところで今夜はきてくれないだろう。トイレのドアを開け、和式便器の脇に常備しているマッチを擦り、部屋を移動する。四畳半の茶簞笥（ちゃだんす）にロウソクは納まっている。ロウソクといえば茶簞笥だ。今と、かつての暮らしと様式を一致させることは特にないと分かっていながら、やはりそこにしまっていた。

一本目のマッチでここに茶箪笥までたどり着けた（狭い家だ）。引き出しをまさぐって取り出したロウソクに二本目のマッチをする。ロウソクの芯に炎が移る。炎とは常に静かなものだが、ロウソクはマッチよりもさらに燃焼音がなくなり、静けさの桁が一つ上がる。最初の燃焼で生じるロウを皿に垂らし、立たせた。四畳半に戻ってテレビをつけようとして、あ、そうかと気付く（停電だ）。それでもいつもテレビをみる位置に腰を下ろし、ちゃぶ台にロウソクの皿を載せた。玄関に置いたままの袋の中身を冷蔵庫に移さないと。昨日の『きょうの料理』でやっていた、豆腐とひき肉の重ね焼きを作るつもりだった。テレビの前で急いでメモさえとったのだ。停電でもガスは使えるから、かまわず料理してもいいのだが、一点の炎をみているうちに気が削がれた。

緑色の冷蔵庫の扉を開けて、そうかと気付く。開けても真っ暗。なぜ停電と分かって冷蔵庫の明かりにすがったのか。ロウソクに照らされる庫内は廃墟かなにかのように真っ暗だ。豆腐は冷や奴にすることにして薬味にショウガだけすって、瓶ビールとともにちゃぶ台に運んだ。晩酌中にふと自分の影に気付く。部屋のほぼ真ん中にちゃぶ台があって——台所から入ってきたときは思わなかったが——肌寒いので背後の障子をしめた際に影の大きさを認めた。もし、三カ所に光源があれば、三つの障子に影を一度に映すことができるぞ、などと思った。

（大人なので）あと二本ロウソクを足したりはしなかったが、四元志郎はビールを呑むのをいったんやめ、わざと六畳間に移った。万年床の上にあぐらをかき、障子越しに届く一面の弱い光をただ眺めた。外国人がもしここに住んだりしたら、イッツ、エキゾチック！なんて思うだろう。四元志郎が心中でこの部屋に立たせた空想の住人は鼻の高い青い目の白人だったし、ガイジンなんて実際にはここに住むわけないと思っていた。翌日、電気屋に電話をかけ、この家の電気がすでにヒューズではない、ブレーカーという仕組みであることを志郎は初めて知った。

同じ単身赴任仲間（いや、仲間ではないが）の十畑保（99〜03年居住）も自炊をしたが、四元志郎ほどに料理を楽しんだわけではなかった。なんでもかんでも炒めて大きな赤い缶入りの中華だしの素で味付けして食べた。一度、中華鍋から強くあがった炎で台所の壁と前髪の先端を焦がした。藤岡荘の大仰な火災報知器のことは保も見知っていた。第二藤岡荘に設置された古めかしい装置を、すぐそばまでいって眺めたりもした。その作動を思い保は肝を冷やしたが、身構えても警報一つ鳴らなかった。

それからしばらくガスの使用を避けるようになったが、そのせいで今度は五号室のブレーカーも落とした。テレビと電子レンジとトースターを同時に使っていたら部屋が真っ暗になった。

「あらら」単身赴任も二年半が過ぎた頃で、独り言がしばしば出るようになっていたが、真っ暗闇に響くとそれに思いのほか寂しく感じられた。狭く細い台所で、自宅から届いた餅が焼けるのを待ってただ立っていたということも余計に自分がいじましく思える。

ラジオ付きの懐中電灯を手に玄関までいき、ブレーカーの黒いスイッチを傍らの靴べらで押し上げた。蛍光灯のグローランプと、冷蔵庫と電話器がそれぞれ異なる質感の音を同時に立てる。電子レンジでうどんを温め終えてからトースターのダイヤルを大きく回す。

「あ、みてたんだっけ」独り言がまた漏れた。一人暮らしには大きい29インチのテレビが六畳間にある。たぶんもう落ちないだろうが、照明をつけず暗いままでテレビをみることにする。先に出来上がったうどんを手にリモコンのスイッチを押すと画面に明石家さんまが映り、彼もまたうどんを食べていた。木村拓哉主演のテレビドラマ『空から降る一億の星』をみている途中だったのだ（職場は繁忙期を過ぎたので、残務処理をこなしても八時過ぎには帰宅できていた）。単身赴任でもしてなければ、絶対にみなかったろう。

「さんまって、左利きなのか」たしかに、画面の中の明石家さんまは左手でうどんをすすっている。

もとより十畑は有名なキムタクではなく、刑事役の明石家さんまに肩入れしてドラマをみていた。さんまの演じる刑事はほとんど仕事をせず、もっぱらうどんを作るかそれをするかしている。夜遅くまで聞き込みや会議に忙殺され、やっとのことで夜食にありつけた、という表情をみせながら、誰もいない職場で孤独にすすっているのだが、聞き込みや会議の場面はまるで描かれないため、彼は一日中ただ悩ましい顔でうどんを食っているだけの無能な人に思える。

だが、それでもなお十畑は感じ入っていた。画面内の、事務机の並ぶ部屋の照明はほとんど落とされていて、停電のこちら側と地続きのような錯覚がある。うどんをすする刑事の影まで含めて保はみつめた。この中年の刑事は、かわいらしい女優の演ずるところの年の離れた妹と、この五号室に似たムードの古い家屋に二人でけなげに暮らしている。自分と、今は離れて暮らす自分の娘は、ドラマの中の二人のようなこんな仲の良いやり取りを決してしない。

もう、キムタクみたいにモテたい、女に騒がれたいだなんて思わない、それより、ドラマの中で描かれるこの二人の「仲の良さ」が保には羨ましい。年をとればとるほど、人は誰かと仲良くなれない。部下の青木にはそれなりに尊敬されているが「仲良し」ではない、上司には成果を求められるばかり。

コマーシャルのうちに、六畳間の端で充電器につながれた携帯電話を手にとる。ずっと点滅が視界の端に入っていたが、とにかく保は刑事と妹のやり取りに夢中だったのだ。

携帯メールは部下の青木からで［やっぱり十畑さんの推理通りでしたね］と笑顔の絵文字付きだった。青木も同じドラマをみているのだ。婚約者がいるといっていたから、彼女にあわせているのかもしれない。

職場の女性たちも『空から降る一億の星』に夢中だ。十畑のフロアには一般職にパートを含め十名ほどの女性がいて、男性は十畑と部下の青木しかいない。別フロアから見回りにくる所長は四角四面なくせに、部下たちに好かれようとしてキムタク、いいよね、などと迎合し、口さがない陰口を叩かれている。

「やっぱりキムタクが犯人なのかなぁ」

「どうだろう」

「あのブレスレットはなんなの？　昔、キムタクが恋人にあげたものってこと？」

「なんだろうね」第一話が放送された翌日の午後、女性陣の伝票入力の手がすっかり止まっていたので、所長がくる前に叱ろうとして、ふと思い直して言葉を変えた。

「キムタクが、壊れたブレスレットのパーツを順番通りに並べて直したやん、その異常な記憶力が、殺害現場のビデオテープの謎の答えを示してるんちゃうか」と話に混ざると、喋っていた数名だけでなく、フロア内のほぼ全ての女性が（青木まで）いっせいに十畑をみた。

みて、黙った。そんな眼差しを大勢から受けたことなどなかった。それから皆はざわつきだした。

「十畑さん、ドラマみてるの？」

「意外」

「すごーい」

「それだ！」一人は目を丸くして（上司の）十畑を指差しさえした。話題のトレンディドラマをおじさんがみていたことへの驚きと（おじさんがキムタクという単語を言ったこと自体への驚きも含意されている）、あまつさえ的確な推理をも示したことへの感嘆の眼差しとを一身に浴び、十畑はさすがに、少し得意になって、パソコンの画面にまた目を戻した。

もしかしたら、今から自分は「誰か」と「仲良く」なれるかもしれない。そんな風な予感の、入口を一瞬みた。性別も世代も役職も大きく異なる人たちと、つかの間通じ合った。他愛無い一瞬のお喋りだが、切実で甘美な予感を孕んでもいた。

チンと背後で音が鳴る。餅が焼けた。冴えない中年の単身赴任における、あれが思い出のハイライトになるかもと謙虚に思いつつ、うどんに、満を持して焼いた餅を投入した。

なお、これは余談だが「明石家さんまが左利き」というのは十畑保の勘違いだ。前週の放送を見のがしており、その回で劇中の刑事は右手を怪我していた。この日を除き、ずっとさんまは右手でうどんをすするのだが、五号室の真っ暗な部屋で、かすかに甘い気持ちとともに保の脳に誤った知識が刻印されたのだ。

六原睦郎（85～88年居住）もトースターで餅を焼こうとしてブレーカーを落としたこと

だあるが、それに五月の昼間の出来事だったので、不意に発生した闇や光に対してなにかを思い致したりすることはなかった。むしろ睦郎はそのことをよしとせず、歴代全住人でただ一人、五号室のアンペア数の増量を試みた。

睦郎は他にも、この五号室を「よく」するためのことをし続けた。暮らし始めて間もなく駅の反対側にできた巨大ホームセンターに入り浸った。

平日の午前中のまだすいているうちに行くのが好みだった。ハンチングをかぶり、五号室の扉を開け外廊下に出た後で必ずくるりと振り向き「いってくる」と大きめの声を室内に放つ。妻の豊子は家事の手を休めずに「はーい」と答えた（生返事をしているようだったがちゃんと夫の姿を目視しており、日射病避けの帽子をかぶり忘れているときは必ず指摘した）。

「いないうちに、電気の工事がくるかもしれないからな」

「はいはい」

睦郎は鉄階段は入口に近い方しか用いなかった。「へ」の字型のレールを踏んで門を出ると向かいには大きなマンションが建設中だ。右の道でも、左に歩を進めても駅にはたどり着く。藤岡荘のある街は坂道だらけだった。右に向かうと住宅街の坂を上り、左に出るとすぐ大通りに出て、それはやはり上り坂だ。この日は左に進んだ。バッティングセンターの球音が響いていた。

右でも左でも、それぞれの道を駅に向かって折れるとき、今度はどちらも急な下りになる。横浜北部の、凸凹だらけの土地に無理に線路を通して開発したからららしい。そこだけでなく、あちこち上って下ってだ。駅のそばのスーパーマーケットはその電鉄会社の系列店だった。

駅を通り過ぎて反対口に出るとロータリーがあり、ロータリー沿いにもその周囲にも店舗があって、藤岡荘のある側の口よりも賑やかだ。公園も病院もある。駅から北に伸びる上り坂を五分ほど歩いて道を折れると、窓のない、壁だけの大きな建物を横目に延々歩くことになる。

この建物こそが巨大なホームセンターそのもので、しばらく壁沿いに歩くと不意に明るく開けた空間に商品や人の気配がたち現れる。このホームセンターで、アリー・ダヴァーズダは電気炬燵と布団類を、八屋リエ（91～95年居住）は和式便器を洋式にするアタッチメントとこまごました日用品を、九重久美子（95～99年居住）はパイン材の棚を買ったが、若い三人とも二度とここを利用しなかった。皆、異様な気持ちに支配されたからだ。巨大な建物で陽が遮られることと、壁自体の圧倒的静けさが相まって、店の外を歩くだけで陰鬱になる。睦郎はその不穏な前段には特になにも感じず、九十度折れ曲がった途端に現れるホームセンターには知らず魅了された。

建物に入る前から物品が外に溢れ出ている。一番手前で売られるタイヤ類は睦郎には縁建物の天井が高く、かつ二階まであった（マンションに移り住むつもりだから灯籠を置く機会はないが）。建物の天井が高く、かつ二階まであることも睦郎を高揚させる。

「どう生きてもいい」「どのようにも生きられる」と睦郎は言葉でなく肌で感じた。ここにこなくても、それは自明のことのはずだった。だが、たとえばペットを飼ったり、電動ドリルで壁に穴を開けて独自に棚をつったり、バーベキューグリルで肉を焼いたり、換気扇の汚れをピカピカにしてもいい。「よく」するための、あらゆる工具や素材が、整然と分けられ、巨大な空間に並べられているのをみると、なにもしないうちから全能感を抱く。それはたとえば（同じようにお金をかけることとはいえ）高級な既製品をただ買ったり、誰かに作業してもらうこととはまるで別の豊かさだ。なんというか「自分が生きている」のだ。

過剰に高揚していることに後々まで睦郎は気付かなかった。網戸の網を買って、五号室の外廊下の窓をふさごうと思いついた。奥の六畳間の窓はアルミサッシに網戸だ（二瓶夫妻の代に工事したのだ）が、外廊下の窓枠は木製で、廊下側から数本の木の枠で覆われている。夏場、通気したくて窓を開けると蚊が入り放題だ。網戸の網を自力で張ってしまえば「よく」なる。アルミサッシ用の網がロールで売られているのを目撃してすぐにひらめいた。家に帰って、寸法を測ってまたすぐ戻ってこよう。帰宅してすぐまた坂を上り、下り、また延々と上り、巨大な壁の脇をひたひたと、睦郎は力強く往復した。

網戸の網と画鋲を買って帰宅すると、玄関の扉が開いていた。作業服姿の、眉毛の立派な男（自分と同世代と睦郎は判断した）が玄関に立っていて、これは難しいですと、豊子に一度したらしい説明を繰り返してくれた。アンペア数をあげる工事についてだ。電柱から藤岡荘へ引き込む線自体を太くしないとならないし、一室だけでない、各戸ごとに工事が必要になる。大家さんの了承も必要だと。

自分でアンペアをあげようと呼んだくせに、睦郎はなぜか晴れ晴れした気持ちになった。最初は「よく」ならないことが判明してガッカリしたが、男が「アンペアをあげると基本料金があがりますし、ブレーカーが落ちないように気をつけて暮らせば節約になりますんで」と言葉を続けたからだ。男を至近でみると自分よりもくたびれてみえたことも、なぜか睦郎の機嫌をよくした。昔の人は、別にこれ（この電力）でよかったのだ。今の時代は、なんでもかんでも便利さを追い求めすぎる。嘆かわしいことだ。必要以上の幸せなんていらない。といった安直な言葉が（しかもいろいろ「よく」しようとしているくせに）次々と浮かんだ。

六原睦郎はその後も何度となくホームセンターを訪れたが、そこで妻と一緒に買い物したことは一度もなかった。

アーニー・ダヴニーズダの次に暮らした諸木十三にこのホームセンターで障子紙を買い、穴の空いた六畳間の障子を張り替えた。リフォームはろくに入らず、畳には凹みが残っていたし、戸の建て付けも悪いが、すべて納得ずくで住むことにした。家賃は格安で、敷金さえ不要だったからだ。ボロくて変な間取りの家だが、十三の気持ちは明るかった。障子の穴は、二カ所空いていた。十三は第一藤岡荘五号室、最後の住人である。

第六話　ザ・テレビジョン！

第一藤岡荘五号室の障子を張り替えようとした諸木十三は、古びた障子紙に空いた二つの穴に目を留めた。六畳間と四畳半を隔てる二枚のうち一つに、穴はほぼ平行に開けられていた。六畳からみて右の穴は、いささか乱暴に突き破られている。二つ目の穴は、溶かしたように奇麗な丸だ。

二つの穴は三十センチほど離れている。紙をはがす前に膝立ちになって穴を覗き込んでみた。どちらの穴にも、うっかり棒を刺してしまったとかではない、たしかな意志を感じ取った。これは開けようとして開けた穴だ、と。そう思う理由は、他に雑に空いた穴や破れがなかったからでもある。

意志を感じるのは床の凹みもだ。六畳間の壁際だけでない、真ん中にも家具を置いていたように思える。先代は、四畳半を居住に用い、六畳間を倉庫のように使っていた？　四畳半の畳にも壁際には家具の凹みがあるから、よほどの物持ちだったのか。

十三が穴を覗いてみても、向こうには自分が運び込んだ段ボール箱の荷が積み上がってみえるばかりだ。穴だけが残り、彼方(あなた)も此方(こなた)も景色は消え失せた。先代の住人はいったいなにを覗こうとしたのか。このオンボロの狭苦しいアパートに暮らすこと自体「こっそり」生きているようなことだのに、さらに微分するように「こっそり」と窺うようなミニマムな秘密があったというのか。二つ空いている理由は？

昔のテレビでやっていたコントを思い浮かべる。コントではなくコメディドラマの類だったのかもしれない。殿様のお戯れの濡れ場を目撃せんと、ませた子供らが障子に穴を開けて覗く。一つの穴は一人しか使えない。僕にもみせろと騒ぎ立てることもできず、鼻たれのちびっこも横に穴を開けて覗き込んだ。指を口につっこみ、濡らしてから突き刺すのだ。コント的なものだから、濡れ場はみられずに叱られたのか、上から盥(たらい)がふってきたのだったか「オチ」は覚えていない。

十三はためらった。はがしてよいものかどうか、と。二つの穴には、あるべき理由があって、それは長く暮らさなければ分からないことなのではないか。

十三は結局、障子紙をはがした。障子紙の張り替えはスマートフォンで動画をみながら行われた。

障子の穴は映画撮影のために用いられた。アリー・ダヴァーズダ（09〜12年居住）のセンパイである大迫の卒業制作だ。

「たしか、おまえん家の障子に穴あいてたよな」おまえん家、障子だよなという尋ね方ではなかった。二年も前の引っ越し初日のダヴァーズダの穴開け行為を、大迫は忘れていなかったのだ。

撮影は五号室の四畳半で行われた。つり下げ式の電灯を取り外し、鴨居の三方のカメラの死角にクリップライトを取り付けた。家具のいくつかを六畳間に移し、服をかけるフックも抜き取った。

「オトッツァン……」ダヴァーズダは「玄関の間」から四畳半に通じる障子を開けた。ジャパニーズエプロン（割烹着）を着用し、トレイを水平に持ってあらわれる。本番では女優が演じるのだ。

「おかゆができたわよ」

「カーット！」大迫は折りたたみの椅子を五号室にわざわざ持ち込み、六畳間から液晶モニタを睨みつけている。ディレクターズチェアに座っているからディレクターなんだ、いつか大迫は真顔でダヴァーズダに教え諭したものだ。

カットがかかったのは、四畳半の真ん中で布団に臥せっている後輩が噴き出したからだ。

「笑うなよ」センパイは真顔だ。

「ダヴァさんも、もっとさ、おしとやかな――つまり、静かな感じで歩いてみて」言い直されたが、おしとやかの意味がダヴァーズダには伝わった。玄関の間に戻る足取りがもうゆっくりとしていた。

「テイク2、スタートッ！」ただのカメラチェックなのに、大迫は気合いが入っている。

「オトッツァン、おかゆができたわよ」

「いつもすまないねえ」部屋の真ん中に敷かれたマットレスから半身を起こし、映画学校の後輩がゴホゴホと咳の仕草をする。後輩が父親という設定だ。本当は大柄なダヴァーズダが病に臥せる父親役のはずだったが、五号室の障子戸の開閉が後輩にはうまくできなかったので交代した。建物全体が傾いていったか、三方のどの障子戸も年々、開け閉めに引っかかりが生じるようになっていた。「少し持ち上げる感じで」とダヴァーズダはコツをアドバイスしたが、後輩には無理だった。噴き出したのには、外国人の方が和室の戸をものすごく自然に開閉していること自体への笑いも含まれていた。

後輩が臥せっているマットレスはダヴァーズダの普段使っているものだ。カバーが洋風だから、白いシーツをかけている。掛け布団は引っ越しの際に買ったコタツのを流用しており、正方形なのもチェックの柄も、本当は時代考証的には変なのらしい。「仕方ない」センパイは腕組みで妥協を重々しく受け止めてみせた。枕もダヴァーズダは使わないので、後輩の持ってきた抱き枕（美少女キャラクターが描かれている）にタオルをかけている。

ダヴァーズダは恭しく父親役の後輩に近付き、ぺたりと座り込む。

「こんなとき、おっかさんがいてくれたら……」

「オトッツァン！」父親の弱音を遮るように「食い気味に」次の台詞を、と演技指導されている。

「それはいわない、ヤクソクヨ」後輩がうつむき、またしても笑いをかみ殺したのが分かる。月に代わってお仕置きよ、に近いイントネーションだったからだが、ダヴァーズダには、なんとなく変な発音だったのだろうとしか分からない。三年以上滞在してダヴァーズダの日本語はとても流暢だ。

「カーッツ！　オッケー！」メガホンを掲げながらの大迫のカットの掛け方が一番、時代錯誤なほど芝居がかっている。なにがオッケーなんだかとボヤきつつ、ジャージ姿の後輩も布団からもぞもぞと抜け出し、ダヴァーズダと一緒に四畳半から台所を経由して六畳間に移り、液晶モニタを三人で覗き込んだ。ライトに三方から照らされていた空間から移ったので室温が変わり、息をついた。

「いいね、いいね、日本の和室がバッチリ再現されている」

「箪笥が惜しいですね」後輩はダヴァーズダの演技には特にコメントせず、背後から口出しする。アンティークなものではないという意味だろうとダヴァーズダも察した。

「では、あれも、どかしますか」すると、いよいよ今の六畳に立つ場所がなくなるが。

「いや、いいよいいよ」後輩が先に返事をし、大迫になんでおまえが仕切ってるんだよ、といいたげに彼の方を睨んだ。

「ていうかこれ、どういう映画なんですか」後輩もめげない調子で、だが大迫の方はみず、家主のダヴァーズダに向け、煙草を一本持ち上げてみせた。まだ火はつけていないようだ。

「？」

「外の方がいいですか」口にくわえたまま胸、腰と両手をあててライターを捜しているようだ。

「あぁ、どうぞ吸ってください」ダヴァーズダは両手を広げた。どこで吸われても構わないのだが、それでも後輩は台所に移り、換気扇の紐を引っ張った。ガスコンロをひねる音が響く。

「ダヴァさん、いいですか、これ」発泡酒の空き缶を後輩が振っている。灰皿にという意味だろう。声を少し張り上げたのは、換気扇の音が彼にだけ強く響いているからだ。ダヴァーズダは迷った。外廊下に出れば隣室の前に、いつからあるのか知らないが朽ちたブリキの皿が何枚か落ちている、あれが灰皿に手頃だと常々思っていた。あれを使えと指示すべきか。空き缶の中に入り込んだ吸い殻をあとで取り除けるのは案外、難しい。だが結局ダヴァーズダは了承することにした。ゴミの分別に細かな気遣いをみせたりすると、外国人らしくないとからかわれることがあって面倒だったのだ。

「いいですよ」ダヴァーズダはセンパイにだけでない、コウハイにも敬語だ。映画学校で日本の仲間がたくさんでき、皆にはダヴァさんと呼ばれるようになった。もうすぐイランに帰ることになっていたが、からっぽに近くなった四畳半をみていると感傷的な気持ちが湧き上がり、不思議だった。もうここを引き払うような錯覚が生じたのだ。

「あれ、どかしますか」モニタをのぞき込む大迫に改めて問うてみる。

「いい、あれは詰まってる簞笥だ」詰まってる？　そう。

黒澤明のと言いかけて「世界のクロサワの」と言い直した上で、大迫は逸話を披露した。世界のクロサワはある映画の撮影で、大道具係がセット内に用意した家具をみるなり、簞笥に文句をつけた。時代考証にも和室の雰囲気にもかなった、誰がみても非の打ちどころのない簞笥のはずだった。

そのときの世界のクロサワ曰く「簞笥の中に、衣服が詰まってない」と。

「はあ」立ったままエプロン（ではなく割烹着）の裾を持ちながら、ダヴァーズダは返答に困った。

簞笥を開閉する場面はないから、カメラに映らないことなのではあるが、空っぽでは、その簞笥に生活感が宿らないのだ、と。

「はあ」同じ相槌を繰り返した。世界のクロサワに面と向かっていわれても同じような相槌をうっただろう、ダヴァーズダは自分の簞笥をみやった。バカと天才と、どっちに受け止めればよい逸話なのだろうか。

「その点、あれだ、あの箪笥には生活が感じられる」世界的な映画監督と自分自身を同列に並べての「壮語」であることは分かったが、「その」箪笥とこの箪笥を同列に並べられたことに、なんだかクラクラする。

「箪笥、空ですよ」とオチをつけてあげられたらむしろよかった。箪笥の中にはガラクタが入っている。

「さて、あとは、覗きのシーンのチェックだな」大迫は引っ越し初日にダヴァーズダが開けた障子の穴を検分しはじめた。

「カナタちゃん、着くの遅れるそうです」煙草を吸いながらスマートフォンをいじっていた後輩が体をねじって六畳間に呼びかける。

「違うな、この穴は違う」すっかり世界のクロサワ化している大迫は、人差し指を口の中に奥深くまで差し入れて、ゆっくり引き抜いた。

「日本の正しい出歯亀はな、こうやって穴を開けるんだ」いやらしい遅さで障子に指を差し込んでいく。

「デヴァガメ」まだ知らない新たな日本語を小声で反芻し、ディレクターズチェアに置いた黄色いメガホンに虎のステッカーが貼られているのをダヴァーズダはみつめながら、もうすぐここを出る自分も、ここでなにか撮影してみようと考えた。それで、六畳間に移した家具類をダヴァーズダは引っ越しまで戻さなかったのだ。

三輪密人（82～83年居住）もまた、六畳と四畳半の二間とも荷でいっぱいにしていたので、部屋をひきはらったときには、広範囲の日焼けや凹みが両室の畳にできていた。

「いったい、なにを置いてたの」立ち会いにきた不動産屋のおじさんは訝しんだ。無理もないと密人も共感した。普通と逆だから余計に。つまり、普通は壁際に家具や物を置くから、跡は壁に沿って残るのが、この二間は部屋の真ん中をくりぬいたように跡が残っているのだ。

「分からないです」分からない？　密人の表情から――なんの理由でかは分からないが――とにかく煙に巻かれたと判断したらしい不動産屋は、通常、一年くらいでは交換しないんだけど、敷金からひかせてもらいますよとすぐに背中を向け、バインダーの用紙になにかを記入しはじめた。

荷の中身を密人自身も本当に知らなかった。

腐るものではないということだけ、預かる前に再三確認したが、腐るものというのは人間の死体を含意していた。

なにかを預かることでお金を得るのはこれが最初のことではなかった。預かるだけの仕事が成立するなんて、密人自身にも意外だったが、それなりに需要はある。本職のヤクザでも、たとえば硝煙反応の残る拳銃をずっと自宅に置いておくのに慣れたものらしい。とにかくあるときある人に、密人の「なにくわぬ顔」が見込まれた。

五号室に出入りする時も、密人はなにくわぬ顔を心がけた。必ず玄関に施錠するようにしたのは、室内の荷物を盗られないようにするためではない。隣人と外廊下で出会った際、不自然に思われぬようにだ。密人はあらゆる鍵というものを信じていなかったし、自分でもそこらの鍵なら簡単に解錠する自信があった。

不動産屋の前でも不遜な態度を取る密人ではあるが、常にそうしているわけでもない。単身者が長期にわたって昼からブラブラしていたら、やはり怪しまれる、そう考えるくらいの常識は持っていた。密人は平日は朝八時に外出し、夜まで帰らないよう心がけた。

室内では台所に布団を敷いて寝泊まりした。家具もほとんどない。不潔であることを好まない性分なので洗濯機は持ち込んだものの、掃除機はない（箒とちり取りを常用した）。入居後、上り坂下り坂を様々な方向に出歩き、平凡な街であることを確認したら、あとは何度か電車を乗り換えて、地下に降りるジャズ喫茶か、街外れで一店舗だけ北向きに店を構える陰気な古書店で過ごすか、それか二番館で映画をみた（いずれもこの時代を最後に減りつつある店ばかりだった）。たまにパチンコはやったが、競馬や競艇、雀荘などギャンブルの場に通わなかったし、盛り場で遊ぶこともなかった。そういう遊びにはとうに飽きていたこともあるし、うらぶれた場所で、かつての知り合いに遭遇するのを恐れたからても、ヽいてもおかしくないものだったから。電車に乗らないときはごくたまに、近所のバッティングセンターでバットをふった。すぐ傍にある小学校に通う子供目当ての施設で、平日から大の大人がいては目立つと考え、土曜の午後か日曜日を選んで出向いた。

夜中に目が覚めると、傍らに常備しているカートン買いの煙草を引き寄せて火をつけた。すぐ向こうの段ボール箱をみあげながら一服した。煙をゆっくりとはきだしつつ、密人がよく考えたのも世界のクロサワのあの逸話だ。鉄製のラークのゴミ箱に煙草の空箱を放る。

密人にはクロサワの気持ちが分かる気がした。外側からみて同じようでも、空の段ボールを空だと分かるときがある。特に勘の鋭い者でなくてもだ。複数、積み上げてあればなおのこと察知できるだろう。密人は依頼人に対し、いくつかの段ボールにはおがくずを、残りは発泡スチロールを入れるように要請した。積み上げる土台の段ボール箱はせめて重たくしたのだ。どれか一箱（もしかしたら数箱）に、預かったブツが入っている。障子戸を開ければすぐにみえる、壁のように積み上がった段ボール箱群は、土台に重りを入れてもなお、どこか嘘が透けて感じられる。

見抜けないことだってもちろんある。たとえば空のビール缶をそう思わずに持ち上げてしまうことが密人にもある。だが、平坦な生活ぶりになにくわぬ顔でもって隠し込んだ危険を、誰かが（まさに「世界の」誰かが）見抜いてしまうことだってあるだろう。

恨み詰めたわけではないのだが密人にある日不意に思い立ち、ビデオデッキと14インチのテレビを買いこんだ。アンテナ線は六畳間に引き込まれていた。荷物の隙間から手を伸ばしてたぐり寄せた。ペンチで先端の銅線をむき出しにして、新たにケーブルをねじり足して延長した。映画放送を片端から録画しては、台所で観続けた。畳んだふとんにあぐらをかき、テレビと床面の間に漫画雑誌を挟んで角度をつけた。三輪密人は五号室の「台所にテレビを置いた」唯一の住人だ。

三輪密人が延長させたアンテナ線の長さを四元志郎（83〜84年居住）が元に戻した。銅線をよじっただけだから、戻すのも簡単だった。四元志郎は六畳間の押し入れのない側の隅に18インチのテレビを斜めに置いた。自宅に倣って（なら）レースを敷き、上に写真立てを二つ置いた。一つは家族の、もう一つは猫のハナコのだ。

ネクタイをゆるめながらリモコンを向け、そのときそのとき映っているものを眺めた。自宅では「欽ドン！」「欽どこ」「欽曜日」が人気のようだが、お笑い番組を一人きりでみるのはどうも虚しく、チャンネルを替えてしまった。

休日に、昼の料理番組をやっているとなるべくみた。メモを取りもしたし、ただ画面内の平和な雰囲気を眺めもした。

「こちらに用意した物がございます」途中まで作り方を示して、脇から調理済みの食材を取り出して「短縮」するおなじみの手法を何度もみかけた。それは大勢で取り沙汰して笑い合える事柄だったが、それよりも、スタジオ収録で火力が弱いことをあるとき料理人がボヤいたのが印象に残った。本当はちゃんとできるのに、したいのにという「願い」をみた気がして（「料理」の「作り方」をみせる番組なのに、感動して）思わずブラウン管に顔を近づけてしまった。普段は夜九時台に帰宅できることも稀で、たとえば『ハングマン』は後半の死刑執行のあたりからみることが多く、ゆっくりとみられたのは『必殺仕事人』あたりからだ。「加代　エリマキトカゲを目撃する」の回は、冒頭にあらわれたテロップをみただけで笑ってしまったが、始まってすぐに電話のベルに舌打ちすることになった。なぜ、電話のベルというものはこうも癇に障る音なのか。もっと優しい音にしていいはずだ。

（無能なうえに間が悪い）部下の赤木からの相談の電話に相槌をうっているうち、番組は終わって五分間のニュースになっていた。バカにして笑ったくせに、希少なエリマキトカゲを本当に見逃したような残念な気持ちになった。

秋の台風で屋根のアンテナが傾いてテレビが映らなくなった。数日後、屋根からするはずのない靴音が響き、志郎は目を覚ました。不思議に思い外に出ると隣の住人も出ていた。修理工が屋根をぎこちなく移動している。そのときだけ隣人同士――自分と似た中年男だった――との連帯を感じ、屋根を見上げながら気安く語り合った。秋晴れの日曜日だった。

第一藤岡荘の屋根には最初からテレビアンテナが立っていたが、初代住人、藤岡一平（66〜70年居住）が持っていたのはアンテナ内蔵の10インチ白黒ポータブルテレビだ。横田基地のバザーで入手したという軍用を友人からもらい受けた。手提げの四角いフックがついていたが、持ち運びはしなかった。太くて立派なアンテナをうんと伸ばしても窓際でしか映らない。窓に面した座机の上の辞典類をよけてテレビが据え付けられた。

『キイハンター』や『怪奇大作戦』やコント55号など、学生が好んでみる類いの番組はほぼ漏らさずに一平もみていた。麻雀仲間の誰かが『11PM』の主題歌を口ずさむと必ず輪唱しながら牌（パイ）をかきまぜ並べ、最後いっせいに「ドゥーワー」で積み上げる。「ハレンチ」な番組が増えているという言葉を新聞の活字なんかでみると、仲間達も自分もむしろ元気を得られるようだった。

子供のころからひいきだった横綱の柏戸（かしわど）が引退したときの夏の夕暮れを一平はあとあとまで忘れなかった。あと好きなのは「巨人」と「卵焼き」なのに、柏戸をひいきにしたのは祖母の影響だろうか。実家の祖母は怪我の多い柏戸を案じ、ラジオの前では常に祈るような様子だった。

若手の麒麟児（きりんじ）に敗れたことを告げるアナウンサーの声が――五号室だけでない、両隣か、あるいは下階の誰かも窓を開け放っていたのだろう――外からも大きく聞こえてきた。敗れたからといって引退するとは限らないのに、ああ、引退だと直感で分かったのだ。引退するからといって柏戸が死んだわけではないが、人はこうして「終わる」。怪我に泣かされた薄幸な印象の横綱だった。しけった座布団に一人あぐらをかき、一平は若い目頭を熱くさせた。テレビの脇に積まれた辞典の山は引っ越すまでほとんど動かされることはなかった。

二瓶敏雄・文子夫妻（70〜82年居住）は五号室に入居して二年間、テレビを買わなかった。生まれてくる子供の教育によくないのではないかと考えたからだ。

なのになぜテレビを買うことにしたのか、夫妻ともに宗旨替えの理由を明確には言語化できなかった。一応のきっかけは札幌五輪だったと思うのだが、なにかが満ちて自然にそうなったように、気付けば電気屋に出向いていたのだ。

すでに家は手狭だったので14インチのダイヤル式テレビを選び、六畳間の合板の棚に置いた。敏雄は主にナイターと土日のゴルフ中継をみた。文子は家事の合間に午後のワイドショーをみて、環太が帰宅すると子供向けの番組に付き合った。テレビばかりダメ、とときに見過ぎを戒めもしたし、出し抜けに腕を伸ばし、電源スイッチを乱暴に切って環太を我に返らせもした。ブラウン管がチリチリと静電気を蓄える音を耳にしながら、宿題なり明日の予習なりを促すたび、自分がなにを戒めてなぜ厳しくしているのか本当はよく分からたいとも思っていた。だから徹底することにたかったし、実に文子もテレビに親しんだ。子供の背後ですじをとったさやいんげんをボウルに放りながら、『ポールのミラクル大作戦』でかわいらしい乗り物がスイッチ一つで元気に邁進するところや人形劇『笛吹童子』の人形の造形に感じ入ったし、再放送の『ムーミン』で描かれた村の荒涼とした寒さを、しんとなってみつめた。

大人向けの番組にはそれほど夢中にならなかった。午後のワイドショーには熱心ではなかったし、朝のＮＨＫの連続ドラマや昼メロといった「主婦向け」の番組を文子はほとんどみなかった。二人が出払った後も窓を開けて空気を入れ替えて掃除をした。『ルックルックこんにちは』の「テレビ三面記事」は楽しみにしたが、それが何曜日にやっているか結局ずっと把握しないほどだった。主婦に人気の「女ののど自慢」のコーナーはむしろ敬遠した。湿っぽい逸話で泣かせる、あれはおばさんのみるものと文子は考えた。

家族全体でいえば大人気のドリフターズやクイズ番組はもちろんのこと、ユリ・ゲラーのスプーン曲げにも三人で挑戦し、第一藤岡荘五号室に暮らした全住民のうちもっともテレビを享受した。夕方六時のＮＨＫ『６００（ろくまるまる）こちら情報部』のイラストコーナーに環太のはがきが採用されたのが二瓶一家のテレビ観賞のクライマックスだろう。息子以上に夫妻が喜び、普段は両隣に配慮して出さない大声をあげてしまった。郵送されてきた賞品のワッペンはすぐに開封せず、敏雄の帰宅を待ち、ちらし寿司さえ用意した。

半ドンの土曜日、下校とともにランドセルを放り投げる勢いでテレビに突進してチャンネルをあわせた『お笑いスター誕生‼』を、密かに環太以上に文子は愛した。イッセー尾形のとぼけた一人芝居も不思議でよかったが、ミスター梅介のさばさばした法律漫談で、何度も思い出し笑いをした。授業参観後の懇親会で、隣の学区の子が万引きで捕まった話題が出た際、「万引きが捕まりそうになったらその場で盗んだものをたたき壊せば、窃盗罪じゃなくて器物損壊罪が適用されて罪が軽くなりますよ」とうっかり言いそうになるのをこらえた。

そういった会合の場では、テレビのみすぎを戒める言葉もやはり聞かれた。破廉恥な放送を怒る声はかつてもあったが、内容ではなく、テレビをみすぎることを案ずる声だ。まったくだ、と文子はぐうの音も出なかった。

敏雄はテレビをリモコン式の、もう少しだけ大きなものに買い替えようとさえ提案し、これは文子と対立した。そも、教育によくないと思っていたものではなかったか。

夕暮れ、『科学忍者隊ガッチャマン』の再放送を夢中になってみている環太に、梨を冷蔵庫から出してやりながら「おかあさんは『コンドルのジョー』が好き」と言うと、途端に目を丸くされた。

リーダーの「大鷲のケン」でなく、二番手のジョーなの？　と疑問を呈されるのかと思ったら、環太の返答は「お母さん、誰か好きになったりするの？」だった。

「こりゃあ、たるよ」本当に心から驚いた息子の顔をみて、文子は得意なような、寂しいような気持ちがした。

「えー？　変だよ」

「変じゃないよ」返事の勢いで、出してやったつもりの梨を文子は手に取って食べてしまった。環太や敏雄が、テレビ画面の中のどの女性を気に入っているか、文子には手に取るように分かっていた。父子ともにパンチラの多い正統派が大好きだ。とても分かりやすい。

夜、戯れに稚気を発揮して、唐突にテレビ番組のアシスタントの女性の名をあげて「あなたタイプでしょう」と夫をからかってみた。川の字の真ん中で眠る環太越しにだ。敏雄は露骨に動揺を示した。そんなことないよと寝返りをうち、文子はクスクスと笑ったが、不意に寂しさを抱いた。

「寝るぞ」敏雄は電気スタンドのスイッチを乱暴に押し、六畳間は暗くなった。それでも月明かりで花柄のカーテンの波打った形がうっすらとみえるのを文子は眺めた。夫が自分ではない誰かを好きかもしれないということが寂しいのではなかった。今、こうして尋ねてみせたように「どこかの誰かを実は好き」ということを、自分は誰からも（実の息子からさえも）思い至ってもらえないのだ。

動かないカーテンのひだをみるのに飽きて目をきつく閉じる。男二人の寝息を意識しながら、自分は今、もしかして孤独なのではないかとうっすら思った。こんなに狭いところで大事な家族が二人も至近にいるのにだ。

結局、テレビの買い替えは引っ越しまで断念させたが、それは教育が理由ではない、あくまで家計の先行きを思ってのことだ。


住んでいる途中でテレビを買い替えたのは八屋リエ（91～95年居住）だ。実家から持ち込んだ14インチが故障で映らなくなり、テレビとビデオデッキが一体になったものを購入した。四畳半の、玄関の間とのあいだの障子戸の手前に置くことで六畳からもみられるようにした。大学のある駅前のレンタルビデオ店をよく利用し、洋画を借りてきてみた。トレンディドラマとかアイドルとか下らないと学校の仲間の前ではバカにしつつ、SMAPの出演するテレビ東京の『愛ラブSMAP！』とフジテレビの『夢がMORIMORI』は必ずみた（まさに、その番組で宣伝されたところのテレビデオを買った）。SMAPはそれまでの少年隊や光GENJIなんかと全然違う、垢抜けた等身大のアイドルにみえた。ヤンチャなキムタクと、少年のような香取慎吾に惹かれた。

六畳に敷いたカーペットは、窓際に紅茶の染みを作ってしまい、そこに大きなクッションを置いて隠していたから、そこからみるテレビはど真ん中ではなくやや右寄りだった。

予算をかけたフジテレビのバラエティと異なり、いかにも他愛の無い『愛ラブSMAP！』を、リエはより好んだ。「隠れファン」という言葉が当時はあって、正しい意味で隠れファンらしい愛好であるとひっそりと悦に入った。ハリウッド映画をみるよりも、ボロい砂壁の部屋に似合っているとも感じた。

司会の水島裕も、かつてアイドルみたいな人気だったはずだ。実家では、『連想ゲーム』の五枠でトンチンカンな解答を連発する姿に、かわいいかわいいと母親が目を細めていた。ぜんぜん、かわいくないけど。ときに、コンビニに広まりはじめたばかりのハーゲンダッツのアイスクリームを大事に食べながら、またときに、カーペットコロコロを座右の武器のように携えながら、リエは強気に画面をみつめた。人気アイドルの引き立て役のように安い衣装で司会をこなす姿に高慢な哀れみさえ抱いた。ずっと後年のテレビ番組で『夢がMORIMORI』のメンバーが再集結している映像をみて、水島裕を懐かしがらず、招聘したりもしないSMAPに対し、薄情ではないか、と急に憤りをおぼえたりもするのだが。

「スマスマ」という番組名(略称)を聞く度、自分のSMAPはそっちじゃないっすよと「通」の自覚を内心で抱いた。SMAPの話題がきっかけで、あまりアイドルみたいではない風貌の晶久と仲良くなったのだった。隠れファンというのは不思議なもので、隠しているからこそ優越感や楽しみを感じているのに、隠さなくてもよい、話し合える仲間をみつけたときの開放感や喜びは格別で、どこにそんな気持ちがあったのかその所在に我がことながら驚くほどだ。これはほとんど性的な喜びに近い、とさえ感じた。録画したのあるよ、森君がオカマのキムタクに絡まれる回の。そういって晶久を五号室に招じ入れたのだ。

九重久美子（95〜99年居住）は五号室でドラマ『眠れる森』をみた。久美子は四畳半に19インチのテレビを設置した。アンテナの引き込み線は六畳にあって、それが妙に長いので、かつての住人も四畳半にテレビを置く必要があって延長したのだと推理した。台所で作業しながらみる際、六畳よりもシンクの真後ろの方が都合がいいのだ。

本格的なミステリーなんですよとゼミの後輩に薦められ、録画したのを借りた分は夜中に餃子の皮をこねながらみた。VHSのざらついた荒い画質の中で演技するのは、久美子が一番嫌いな感じの髪の長さのキムタクだった。今、キムタクってこんなかあ。古い粉ふるいをキコキコと動かして強力粉と薄力粉をボウルに落とし、熱湯をかけて混ぜ合わせる。バックパッカーのエッセイを読んでいたら、アジアのドミトリーで夜中に餃子を皮から作る逸話があって、不意に真似をしたくなったのだ。ボウルごと持って四畳半に入り、ちゃぶ台の上で生地を混ぜながらビデオ映像をみる。シンクに向かうときは音声だけを聞き、単純作業のときにながら見た。

「ちょ、待てよ」「おまえさ」などとぶっきらぼうに言い放つキムタクの演技を、ちゃんとみるのはその日が初めてのはずなのに、久美子はそれを知っていた。生地の温度が下がってきたので、打ち粉をして手でこね始める。レシピ通りの手順だから失敗はないはずだか、きちんと生地らしくまとまっていくことに毎回、安堵を覚える。

初めてみるはずの「ちょ、待てよ」をなぜ知っているのかといえば、誰かにモノマネをされているのをみていたからだろうか。ヒロインである中山美穂は記憶を失っている設定で、しかしユースケ・サンタマリア演じる便利屋と出会って彼を「知っている」と思う。

生地を切り分けラップをかけたら一時間ほど置く、と本には書かれている。その間に中身の種の準備に取りかかるべきなのだが、手を洗った久美子はそのまま体育座りでドラマの続きをみてしまった。

中山美穂が「知っていた」自分を不思議に思うのと少し違うが、久美子も似た気持ちをしばしば抱く。道を歩いていて昔の曲が聞こえてきてそれが分かるとき。なんで分かるんだろうかとは考えない。聞いた事があるからだ。だけど昔の懐メロをそれほどきちんと聞いてきたわけではないのに、たとえばイーグルスの『ホテル・カリフォルニア』を、少し聞いただけでそうだと認識できるような「知り」方を、自分はいつの間にしたんだろう。ラジオやコマーシャルでなにげなく流れているのに知らず知らず出くわした蓄積があるのか。たった二十年程度の人生で？

人は生きているとただそれだけで、知らないうちに思った以上に「生きている」。「ちょ、待てよ」ってキムタクは本当に言うんだ。記憶の不思議に感じ入った。一方で、このドラマは知らず知らずではなく、「わざわざ」みているのに、そのうち忘れてしまうだろうという予感もある。不気味なストーカーとして中山美穂の前に姿をあらわすキムタクが、たぶん「新境地」の、常にはみせない「悪い」表情に初めて挑戦しているのだろうことも推察できて、それはそれで気持ち悪かったが、タレントってものは大変なのだなと高慢にも思った。

とにかく、これは映画のように明かりを消してみるものではないなと立ち上がり、照明をつける。シンクに戻りニラを刻みながら流し聞きしたが、忘れてしまうだろうという予感と裏腹に、この夜のことは真夜中の水餃子とあわせて長く久美子の記憶に留まった。ビデオ自体は四話までみてやめてしまった。オチがすぐに読めてしまったのだが、まだ本放送をみている後輩にネタばらしをするのは控えておいた。

九重久美子が妙に長いと感じたアンテナの引き込み線だが、四元志郎によって戻された線を、再び根元からしっかりと延長させたのは五十嵐五郎（84～85年居住）である。六畳間はオーディオルームとして特化したかったのだ。趣味のラジオやアマチュア無線と比べてテレビを軽んじたわけではないが、テレビの画質や音質には特にこだわりがなかった。15インチの、ブラウン管の前になぜかガラスがはめ込んであるテレビを、四畳半と玄関の間との間の障子戸の前に置き、アマチュア無線をやりながら横目でみた。

普段は、密人と同様にもっぱら映画をみた。『トラック野郎』の冒頭の歌を聴くのが特に好きで、出演者などのテロップをみる関係で縦長になる菅原文太の汗臭い顔を何度もみた。たまにみるテレビドラマは、おおげさな大映ドラマよりも『うちの子にかぎって』などのドライな描写を好んだ。カツオ風味のほんだし、とかアクロンなら毛糸洗いに自信がもてます、といった短いコマーシャルソングを知らず覚え、外廊下で洗濯物を干しながらよく口ずさんだ。「ザッテレビジョーン、チャラララッ」好天の午後、歌いながらバスタオルを勢いよく広げ、「が、お送りします」と物干しにふわりとかけ終えたところで向かいの第二藤岡荘の外廊下に女がいることに気付いた。笑って鉄階段を降りる妙齢の女に会釈を返しながら、普段は飄々(ひょうひょう)とした態度の五郎もこのときだけは赤面した。

夜遅くにたまたまみたロサンゼルス五輪女子マラソンの、アンデルセン選手が歩いている姿は印象に残った。実況アナウンサーは興奮しながら美談として報道したし、翌日の新聞でも感動的な話になっていたが、ただヨロヨロしていただけに思えた。アンデルセン選手という名前だけおぼえて、どこの国の人かなどまるで知らないままだった。

ロスと言えばロス疑惑の報道にも、五郎は好んでチャンネルをあわせた。雪の日に自宅からゴミを捨てに出てきた渦中の三浦和義は、報道陣を牽制(けんせい)するような言葉を吐いている途中で雪に足をとられ、すっ転んだ。

「転びました、どうぞ」

「本当だ、どうぞ」ハンドマイクでアマチュア無線の仲間と思わず言い合った。はるか遠い世界の人とつながるのがハムの面白さなのに、今話しているのはどうやら同じ日本で同じワイドショーをみている暇人同士だと分かったが、とにかく良い瞬間をみた、と思った。なぜか、マラソンと同じ生放送の中継と思ったのだ。だがテレビはすぐ、面白おかしく転ぶ三浦和義の姿を何度も巻き戻して繰り返し再生してみせた。それはそうだ。五郎が五号室でみたこととして憶えているテレビの映像は、アンデルセン選手とそれくらいだ。

第一藤岡荘最後の住人、諸木十三は、黒く太いアンテナ線が長々と六畳間にとぐろを巻いているのを認め、さてと思った。九重久美子が去ってからのリフォームでテレビアンテナも壁の端子に差し込む形になったが、しかし五郎が工事した際のケーブルは先端も加工され、残された（霜月末苗〔04〜08年居住〕は四畳半の桃子の部屋まで分配させるのにこれを用いた）。

しかしもう地上波アナログ放送はとっくに終了してしまっていた。地デジ対応のためのアンテナ工事をしないまま、取り壊す予定だけが延びて借りられることになった物件だ。承知の上でのことだったが、アンテナ線の処置は自分に任されたわけで、迷った。ただ捨てればいいとはいえ、なんだかためらった。ためらう理由が自分でもよく分からず、結局棚の裏にケーブルごと追いやって、みないことにした。十三の持ち込んだテレビはアンテナ付きの小型液晶テレビだ。細くて華奢（きゃしゃ）なアンテナを窓際でどれだけ伸ばしても画面にはブロック状のノイズが頻出(ひんしゅつ)した。

諸木十三は12年から16年までを暮らし、五号室で亡くなったが、発見されたときにもテレビがつきっぱなしだった。

第七話 「1は0より寂しい数字」

諸木十三がワンセグテレビのか細いアンテナを、藤岡一平(66〜70年居住)がポータブル白黒テレビの野太いアンテナを、五十嵐五郎(84〜85年居住)がラジオの超巨大アンテナをと、第一藤岡荘五号室に暮らした男たちの多くが六畳間の窓にさまざまなアンテナを向けたが、女たちもそのようにした。

七瀬奈々(88〜91年居住)、八屋リエ(91〜95年居住)、九重久美子(95〜99年居住)、霜月未苗(04〜08年居住)らもまた、六畳間の窓際に身を寄せ、それぞれのアンテナを向けて機器を見張ったことがある。奈々は小型ラジオの、リエは恋人が持ち込んだおもちゃのトランシーバーの、久美子はPHSの、未苗は携帯電話のだ。

アマチュア無線やラジオに精通していた五十嵐五郎を除く住人全員、電波というものをよく分かっていなかった。電波は外からやってくるから、外に近い方が受信しやすいだろうと一様に考えたのだ。それはいちがいに間違った考えではなかった。なにしろ五郎は窓の近くどころか窓枠の外側にアンテナを吊るしたほどだが、彼を含め誰も、目覚ましく良好な感度を得られたわけではない。久美子はＰＨＳの通話は玄関の外へ出て行うようになった。しかし、この第七話において主にみていくのは電波のことではない。

七瀬奈々は深夜ラジオの放送に間に合うためにタクシーを使った。都心でこの時間によくぞ捕まえられたと安堵しながら乗り込んだ。のちにバブルと呼ばれる好景気のただ中に暮らしていても、奈々はあまりタクシーを利用しなかった。藤岡荘にタクシーで帰宅したのもその一度だけだ。

高校時代の友人がラジオに出演するのだ。帰宅して風呂に入り、居住まいをきちんとして聴きたかった。まだ放送には間に合う時間だったが、運転手にラジオの局を替えてもらった。

車窓から月を見上げながら、小さかった頃のことを思い出していた。みたいアニメの再放送があって、そろばん塾から家まで走ったことを。どこかの家の汲取りがうっすら臭(にお)う未舗装の道からアスファルトの道を蹴り、角の駄菓子屋に寄らず、団地の階段を休まずに駆け上がり、たどり着いたテレビの前に膝をついてチャンネルをあわせるときいつも奈々の体は汗ばみ、火照(ほて)っていた。

今は「みたい」ではなく「聴きたい」のだが、こうして焦って駆けつけていても大人になると息もあがらないし体も火照らない。仕事の疲れはあるものの、なにかのために全力で走る必要はもうない。大人はお金をもっていて、こうして使うことができるから。深夜料金のタクシーに揺られながら、充実した気持ちだけが運ばれていく。慣れない電動のスイッチを操作して、窓を半分だけ開けた（実家で父母が乗っていた車の窓はクルクルと回し開けるものだった）。

「どこかお加減でも悪いですか」

「いえ、大丈夫です」声をかけてきた運転手にも奈々は、常には発揮しない愛想の良さで応対した。これから友達がラジオ番組に出演するのだと自慢しそうにさえなった。中学二年から高校卒業までの五年間、ほぼ毎日のように彼女と過ごした。彼女が美大に入学しただけで誇りに思っていた。奈々はバンドを組んでギターを弾いていたが、大学四年間のうちにやめてしまった。その後、彼女とは疎遠になったが、少し前に雑誌で彼女のインタビューをみつけ、すぐに切り抜いた。漫画家として雑誌の連載を二つも抱えていたことを知った時点で、もちろん既に興奮していたが、書店で単行本をみつけたり、駅張りのポスターに彼女の漫画のキャラクターが使われていたり、出会うごとに興奮し、興奮とはその都度新たに生成されるのだと知った。

「来週のゲストは人気漫画家の……」とパーソナリティが友人の名を告げた時、奈々は職場にいた。印刷所のミスで誤表記のある商品の箱（なにが入っているか誰も知らされなかった）三千個に、朝までに訂正のステッカーを貼るという無為な作業の中、同僚が助けを求めるようにかけたラジオだった。奈々は手を止めて顔をあげた。景色は見慣れたオフィスではなくオレンジの紙箱の壁に囲まれていたが、ラジオの音はくっきりと届き、興奮に一人うち震えた。来週までにラジオを買わなければ。

ラジオはすでに五号室の窓際のへりにスタンバイしている。さらに小瓶だが函入りのモエ・エ・シャンドンを奈々は鞄に忍ばせていた。ふと思い出してその鞄からガムを取り出した。昼間、職場の後輩が一枚くれたのだ。車に酔ったわけではないが、紙をむいて、口に放り込んでみた。ロッテ・クールミントガムの口当たりもまた、子供の頃を思い出させた。子供の頃は当たり前に風船ガムを噛んでいた。

シャンパンやキャビアなんぞをたしなむようになってもなお、ガムも噛んでいいのだ。そういう風に自由とは重なって増えていくものでもあるはずだ。そういえば、風船ガムじゃない「大人のガム」をなんとか膨らませようとやっきになった記憶を思い出しながら噛み続ける。一枚では無理だ。小学生のとき、大勢で競い合った。その仲間たちの顔をまるで憶えていない。思い出せたのは風船のふくらみと、弾けて鼻のあたりまで貼り付いた瞬間と、しゅるっと口に戻す感触だけ。

車窓の景色からは徐々に賑わいが抜け、道沿いのマンションや家々の窓の明かりも七割方消えているようになった。不意に聞き覚えのある曲がラジオから流れた。イントロの鍵盤だけでハリー・ニルソンの『One』だと分かる。ちゃんと聴きたく、窓を閉めようとしてスイッチの操作を間違えて慌てる。

「1はもっとも寂しい数字、1はもっとも寂しい数字」と繰り返す、哀感に満ちた歌なのに奈々は嬉しくなる。滅多に乗らない夜のタクシーに一人で乗ったらニルソンの『One』がかかるだなんて、むしろツイてるじゃないか。彼のボーカルにも演奏にも湿度がなく、寂しさなど感じない。後部座席に深く座り直す。ガムの味はなくなってきていたが、出さずに緩慢に嚙み続けた。

自分はこの世界にたしかに一人だ。だけど友人がこの世界で活躍してる。自分でもいいが、自分ではない誰かが存分に生きていれば、それでもう、素晴らしいじゃないか。ぴかぴかでつるんとした東京ドームでたったの2ラウンドで相手をのして、涼しい顔でドライビールを飲み干していたマイク・タイソンや、武道館で歓声を浴びるミュージシャンやアイドルたち。それらは自分と切り離された縁遠いところの誰かだったのが、不意に身近になった。仲間内から世界チャンピオンみたいな存在(といっても漫画家だが)がもし生まれたときに、自分はどう思うのか、これまでは分からなかった。

そうなってみたら、ただもう無闇にハッピーだった!

「なにかよいことでもあったのですか」

「いや、はい」漏れ出ていた笑みを、初対面のおじさんにも肯定してしまったが、続きに言わずに我慢した。相手には関係のないことだからお愛想で相槌をうたせるのも申し訳ないと自重したのだが、やはり教えたくないという気持ちもあった。今、そのことで嬉しいのは一人がいい、一人でいい。

知らない景色が続いていたが、家が近付いてきたと分かった。大きな上り坂のあと、下ったからだ。外灯の並びをみていけば、先がまた上り坂だと分かる。きっとすぐ、谷底に降りるくらいに思わせる下り坂、そしてまた上り坂……そのうねりの渦中に藤岡荘はある。そうだ、そうだと実感を深める。駅から第一藤岡荘までたどるルートは二つあるけど、どちらも大きく上って下ってだもの。そこに限らずこのへん一帯、ぼこぼこの隆起した地形の上に無理に広げた街なのだ。高層の建物はないが少し遠くに大きなネットが張られているらしい、そのシルエットを目にしたところで角を曲がってもらうよう指示した（昼間、遠くからみるだけだったネットを、奈々はバッティングセンターではなくゴルフ練習場と思っていた）。

「あそこの、セブンイレブンのところで降ります」奈々はそう告げそうになったが、気が変わって藤岡荘の前まで延長した。隙のない奈々の服装にはおよそ似つかわしくない、瓦屋根のボロいアパートの前で、あえて降りてみてやれと思ったのだ。

「九千八十円です」降りると素っ気ない速さでタクシーはT字路に向かっていった。しまったと思った。きっと藤岡荘でなく、向かいのマンションに帰宅したと思われただろう。

「まあいいか」ひとりごちた。門の前から藤岡荘をみあげた。二棟の、各戸の玄関の蛍光灯がぼんやり灯っている。いくつかは薄暗く点滅し、いくつかは消えている。瓦屋根の上に目をやれば、さっきまでタクシーからみていた月がさらに上空にある。第二藤岡荘の奥、スクーターと自転車や小型物置などのごちゃごちゃ並ぶ隙間の壁に、赤いランプが灯っていることに奈々は初めて気付いた。近付いてみるとそれは火災報知器だった。こんな器械があったのか。奈々は初めて知った。

　赤いランプの発光に吸い取られたのか、滅多に使わない奥の階段を使うとき、さっきまでの高揚した気持ちは少し覚まされていた。それでもまだ、シャンパングラスをどこにしまったか思い出そうとしながら軽い足取りで鉄階段を上った。鍵と一緒に、ガムの包み紙を鞄から取り出した。忘れていた口の中のガムを捨てる。二つある紙のうち、銀紙のほうにガムをくるみ、印刷された方は広げてみた。

　ガムは特に好きではないが、ロッテ・クールミントガムのペンギンのパッケージは、そういえばなんだかいつも好きだった。

　八屋リエは巨大なペンギンを抱えてタクシーに乗った。大学三年時の学園祭の模擬店のオブジェで、電車では持ち帰れなかったのだ。80年代の缶ビールのCMキャラクターのようなファンシーなのではない、スタイロフォーム製の立派な皇帝ペンギンだ。愛玩する対象というよりは、それこそ一緒にビールでも呑みにいきたい、相棒のような実在感があった。景色としてはもう飽きていたブルース・ウィリスの隣にぜひとも並ばせよう。出る者も入る者も常に大勢でごった返す大学の正門を出るとすぐ右手は団地だ。行き交う学生の誰も、リエの運ぶペンギンを気に留めなかったが、団地の小学生らの視線は存分に集めた。自慢に感じ、鼻息も荒くなった。高速道路の高架下の大きな道の、下校する学生たちは使わない幅広の横断歩道を一人で渡りきり、振り向いてぎこちなく、手をあげた。

運転手は先に乗り込んだ「動かない乗客」に対しなにも言葉を発しなかった。少しほっとした。タクシーを一人で停めて一人で乗るのは、リエには初めてのことだったのだ。バンドをしている仲間から聞いたことがある。楽器を運ぶために乗ったタクシーで運転手に嫌味をいわれた。「若いのに、チャラチャラ遊び歩いて、いいご身分だな」と。なにそれ、ひどい、居酒屋で言い合ったものだが、そのことが急に思い出された。どんなに向こうがひどくても、運転の主導権は向こうにある。おずおずと藤岡荘の住所を告げた。

「横浜の北の……はあ……」要領を得ないようなので、最寄りの駅の名をあげ、その近くだと教えた。発進するとすぐにヘッドホンを取り出し、音楽を聴いた。運転手に対する自衛というと大げさだが。

秋の並木道の色づきにも目を奪われることなく、時折料金メーターを気にして、あとはぼんやりと揺られていた。カセットのA面最後の曲がフェイドアウトしたころ、声をかけられていることに気付く。

「お客さん、お客さん」いつの間にか車は路肩に駐車していた。ずっと声をかけられていたらしい。あわててヘッドホンを外した。

「えっ」外して、身構えた。一瞬、座席を挟んだ相手が自分の敵か味方か分からない。みたこともない路地にいることに焦りも覚える。

「道に迷っちゃって」

「え！」そんなことって、あるんだ。リエは「わたしが安全運転でお届けします」と記されたプレートの、運転手の名前を睨みつける。運転手は助手席にあったらしい地図を顔に近づけている。道に迷ったことだけでなく、彼がどうも、そんなには困っていないことに衝撃を受けた。

　そんなことって、あるんだ。リエは同じ言葉をかみしめた。ついこの前、初めてクリーニング屋にシャツを出した。それはきちんと洗濯され、奇麗にアイロンされて戻ってきた。たまにはする自炊で、八百屋で買った野菜が最初から腐っていたということも、一度もない。この社会に生きるあまねくプロというものは、そういうずさんなことがほぼないのではないか。あるにしてもそれはかなりイレギュラーなことなのではないだろうか。プロから地図を渡され、リエはますます困惑する。

（おいおい、横山さん、頼むよ、おい！）受け取りながら運転手への叱咤の言葉を心中に巡らせるリエはつかの間男になっていた。見慣れぬ地図をぎこちなくめくり、必死に駅を探しているうちに気持ちが落ち着いてきた。

「ここです」

「あー、すみませんね」再発進させながら運転手（横山さん）はむしろ気安い口調だ。

路肩から再発進の際に、座席に直立していたペンギンが倒れかかってきてリエの頭部にぶつかった。かわいいと思い、自ら欲しくてもらったのにリエはペンギンのことを忘れていて、また（おい）と心の声が野太く漏れた。

藤岡荘に着く寸前までそこが自宅だと思わなかった。五号室に暮らした住人の多くが、藤岡荘から駅までのルートを二通り開拓していたが、リエは藤岡荘を出たら必ず左に歩いて駅に向かっており、帰宅も同じルートだった。

だから、左手のアパートをリエは乗り過ごしそうになった。

「あ、ここだ！」驚きで、運転手への怒りは霧消してしまった。地図をみてから先の料金は負けてくれたが、そのことは申し訳ないと思うべきなのか、もっと安くしてもらうべきなのかも分からない。横山さんはペコペコと去って行き、無表情な相棒と取り残された。すぐにオブジェを抱きかかえて鉄階段を上ることが、リエにはできなかった。

取り残されたのではない、本当には帰宅したのだ。なのにそう思えないのが不思議だ。ほんのわずかだがリエはそのとき「社会」を感じていた。社会の厳しさだとか、実社会の豊富な経験とかいう言い方が——学生やアルバイトに対する脅しや牽制として——あるが、厳しさとか豊富さとかとも無関係に、剝き身の社会にぺとっと一瞬だけ触れた生々しい手触りみたいなものをおぼえたのだ。

「なあ、おい」肩を抱く形で一緒につっ立っているペンギンを、リエは揺らした。ブルース・ウィリスの等身大ポップはのちに無惨にも膝蹴りしてゴミ袋に納めて捨ててしまったが、このペンギンはリエの親友になった。

九重久美子も藤岡荘時代にたった一度利用したタクシーの中でガムを嚙んだが、乗っているうちに車に酔ったからだ。ポケットの中のそれはロッテのガムだったが板状ではなくて粒タイプになっていた。ぜんぜん足りないと思った。板状のならいい。粒タイプのガムを、粒なのに二粒以上くれない男だ、やっぱり気の利かない奴（一はゼロ以下！）。それでも小さな粒を嚙んでミントにすがった。

都心の、深夜の映画館でしつこくナンパしてきた男を振り切るために乗ったタクシーだ。終演後、ロビーのパンフレットを何枚か手に取って眺めていて声をかけられた際は、まださほど警戒せず、だからガムもなんとなく受け取ってしまった。だが男はどんどん軽薄さを発揮し始め、しまったと思った。誘いを断るために深夜の都心で大きな声をあげること自体が嫌で、飛び乗ってしまった。だからすぐに降りようと思っていた。親からの仕送りもない大学生に、タクシー代は痛手だ。たとえ仕送りが潤沢でも、久美子は使わなかっただろうが。

なのに乗ってみると腰が重くなった。疲れていたせいもある。映画をみる前に友人数名と飲んでいて酒にも酔っていたし、映画自体も暗くて長かった（ジム・ジャームッシュって、もっとこうトボケてたはずなのに、なんだか「重きに入って」しまったんじゃないか、と友人の映画通がいいそうな評の言葉を思った）。普段の自分なら意識を集中して覗き込むであろう料金表示が（まずいことに）まるで気にならない。

タクシーという以前に自動車に乗って移動することが久しぶりで、窓を半分開けてみる。生温い熱帯夜の空気が入り込んできたが、月がくっきりみえて奇麗だなと思った。いつだって車からみる月が好きだった。車を運転したのは父だ。久美子は車内では母の顔も父の顔もみえるよう、いつも後部座席の真ん中にいたが、月を追うときだけは窓際に移動した。子供は誰でも車窓から月を目で追うものだ。ナンパ男の記憶は遠ざかり、月とともにみた景色が浮かび上がった。海沿いのテトラポッドや、工場の黒いシルエットの、煙突の突端で点滅する赤い光。車内では父も母も、行きの昼でも帰りの夜でも、子供には分からない話を軽やかに交わし続けていた。家にいるときよりも二人はお喋りだったのではないか。

時折思い出したように、具合は悪くないかと気遣う言葉を後部席にかけて寄越した。大抵の場合は特に酔っていないから首をふったが、あるとき気付いた。月が雲に隠れたので窓から離れた瞬間に問われた。時折思い出したように、のようだけど、そうではない。あのミラーで、私のことをしばしばみているのだ、と。

父は久美子が小学四年生のときに亡くなり、つまり月を追う機会は減った。高校三年の終わりにすぐ免許を取り、初心者マークのうちから母を仕事場に送迎したりもしたが、もちろん月を目で追わなかったし、月のことなんか考えもしなかった。

感傷に浸るうちはまだ心地よい移動だったが、開けた窓も無関係なほどに冷房が効きすぎていたせいか、運転が荒っぽかったか、だんだんと吐き気がしてきた。坂のアップダウンも胃に響いた。夜の暗さよりも濃い、バッティングセンターのネットを遠くにみてほっとする。同時に、無駄遣いに胸が痛んだ。

「あそこのセブンイレブンのところで降ります」貴重な一万円札を運転手に力なく渡し、もらったお釣りを財布に戻さないままコンビニに入店し、ポカリスエットだけ買って、右手の人差し指と中指をキャップ部分にひっかけてぶらぶらはさみ持ち、藤岡荘まで歩いた。まだ腕に残る鳥肌をさすった。明け方なのに蟬が鳴いている。家の前につけてもらうんだったと後悔するくらい、足取りはふらついていた。ついに門の前で吐きそうになってからんだが、吐くものは出てこずにほっとした。しばらくブロック塀に手をあてて俯きながら、父と母のことを思っていた。母子家庭を大変とか辛いと思ったことは一度もなかったが、寂しくないわけでもない。今乗ったタクシーの運転手はもちろん、ミラー越しに久美子を観察していなかった。それはそうだ。じろじろみられていたら気持ち悪い。父ならばきっと、久美子が窓を開けたらすぐ、エアコンを切ってくれたろう。

「お父さん」吐き気とは別に涙がこみあげてきた。ブロック塀のざらざらした質感だけを手に感じ続けた。よし、いいや、存分に泣いてしまおう。

「大丈夫ですか」不意に声をかけられて、泣く寸前で顔をあげると男が立っていた。吐かなかったことについてついさっきほっとしたばかりだが、そのときの安堵など比べ物にならない強さで、改めて(吐かなくて良かった!)と思い直した。

「大丈夫です」男の顔に見覚えがあった。気持ちはしゃんとしたが、歩こうとすると自分でも驚くほどふらふらとしている。男は久美子の腕をとって肩を抱き、ともに階段を上り玄関まで付き添ってくれた。ああ、向かいの第二藤岡荘の六号室に暮らす男だ。こんな時間に外でなにやってたんだろう。

(……今、棚にあげたなー、自分のことを)男は久美子の手から鍵をとると鍵穴に差し込んでドアまで開けてくれた。頭はぐらんぐらんとしていたが、「しっかりするんだ」という男の声音が遭難者にかけるみたいにシリアスで、笑いそうにもなった。

「大丈夫？ あ、こっちからいけるのか」靴をなんとか脱いだ久美子が四畳半に通じる障子を開けると、男は再び久美子に肩を貸した。『酔ったふりで男を引っぱりこむ女』みたいになってないかこれ」と頭の隅で考えていた久美子だったが、おおいにもたれかかってしまった。

「うーい」と漏れ出た自分の声が本当に自分の声とは思えずにいた。しかし一方で、直前の男の「あ、こっちからいけるのか」という呟きを久美子は――ぐでんぐでんでも――聞き逃さなかった。男の暮らす第二藤岡荘六号室はきっと、四畳半の障子の前も家具でふさいでいて、台所からの「ルート」だけを用いて暮らしているんだろう。その、とっさの呟き一つで彼に対し気を許した。酔ったふりで男を引っぱりこんだなどと彼は捉えたりしない、と思えたのだ。他者が別の同じ間取りの部屋で暮らすことの面白さを感じた時、久美子は布団に寝かされていた。それから夢をみた。父親が出て来た。父はさっきのブロック塀のところにいて、藤岡荘の鉄階段から久美子はみている。さっき泣きそうになって、すぐに夢にみるなんて安直だなあと夢の中で思いながら、そっと眺め続けた。

寝て起きて、頭を押さえながら半身を起こしたところで、男が障子を開けた。無言で、お盆におかゆを載せている。久美子は初めて盛大に赤面した。

第一藤岡荘五号室に帰るのに最も頻繁にタクシーを利用したのは十畑保（99～03年居住）だ。仕事は忙しく、しばしば終電を逃した。

「バッティングセンターのネットがみえたら右折、コンビニの前で降ります」と何度も同じ指示をした。そのうちバッティングセンターのネットよりも目立つタワーマンションが近所にできていたから、告げる目印もそれに替わった。だが、今回、男たちに特筆すべきことは（一人を除き）ない。次に進むとしよう。

霜月未苗は十畑保ほどタクシーを利用しなかったし、奈々やリエや久美子のように一度しか使わなかったわけでもない。そのタクシーの中で音楽も聴かずガムを噛むことも月を目で追うこともなく、大抵は運転席の裏に取り付けられた液晶モニタの映像をただ眺めていた。ある初夏の夜、モニタ内では映画の予告編と、劇団のコントのようなものが繰り返されていた。操作すれば音量もあげられるらしいがその気にはならないし、だいいち運転手がラジオをつけてもいた。頼りない運転手だった。住所を告げても要領を得ないようなので、最寄りの駅の名をあげ、その近くだと教えた。カーナビをたどたどしく操作する様子からして、まだ運転手になって間もないのだろう。昔と異なり都心でタクシーを拾えないことはほぼなかったが、その分運転手はピンキリだ。乗れば乗るほどギャンブルのようだと感じる。夜遅くに都心で拾う時、ボンネット脇に記された地名を注視するようになった。正反対の方角だと、向こうも露骨に面倒くさそうだ。乗る者と乗せる者、利害が一致して生じる関係なのに、お互いにそうしたくなかったみたいな、不幸な道行きになる。せめて苛々をこちらからはみせまいと未苗は思っている。

この人初心者だと気付いたとき、未苗は叱咤するよりも慮（おもんぱか）る。タクシーの運転手に対し慮れるようになったのはいつごろからだろう。最初に一人きりで乗ったときに感じた不安などを、未苗はもう思い出せない。

大勢で料理をするとか、外国の人を交えた席で不意に英語で会話が始まるとか、そういうときに初心者が混じっていたら、やはり皆がなるべく慮る。その場全体が優しくチューニングされ直した、と感じる瞬間がある。しかし一対一のタクシーの中で相手を慮っても、優しさではない、不思議な悲しさが狭い車内を支配する。だから今も未苗は無言だ。無言のまま時折、カーナビの画面を（運転手の代わりに）みやり、道を間違えていないか確認して（あげて）いる。

不意にラジオでかかった音楽に聞き覚えがある。未苗は瞬（まばた）いた。これはいつかなにかの映画で聴いた音楽、たしか、ええと。未苗はひとまず折り畳みの携帯電話を開いた。普段はあまり使わないが、ネットにつながるし検索もできる機種だ。しかしすぐに折り畳んだ。未苗も職場の同僚たちも、誰もかれもが検索中毒になっていた。だが、空間に鳴り響く音楽をそのまま検索することはできない。

未苗は液晶モニタでも携帯電話の画面でもカーナビの画面でもない、料金メーターの下にあるらしいラジオをみた。ラジオをみるのはおかしなことだと思いながら。聴いてますよ、チャンネル替えないでと運転手にアピールする意味も込め、堅く身を乗り出した。もうすぐ着きますよ、とカーナビ表示の受け売りを運転手は口にした。

「そこのセブンイレブンのところ」で未苗は降りた。運転手の「おかげ」ではないのに、未苗は感謝の気持ちでタクシーを見送った。感動したのだ。タクシーのラジオでかかった物憂げな女性ボーカルに。同居人の桃子と自分に発泡酒を買って帰宅したが、家は暗かった。「玄関の間」に積まれた半透明のゴミ袋につまずきそうになりながら、台所まで移動する。

「ただいまー」四畳半の方をむいて声をかけるが返事はない。珍しく桃子のいない五号室に帰宅した。もしかして居ないふりで息を潜めてるのかも、と考えながら服を脱ぐ。

真っ暗の六畳間で下着のままパソコンで検索して、エイミー・マンがカバーしたバージョンの『One』を、その場でダウンロードした。窓際で体育座りをしながら聴いた。

動かないカーテンのひだをみるのに飽き、冷蔵庫から発泡酒を取り出してきて呑んだ。

「1は0より寂しい数字、1は0より寂しい数字……」勝手に意訳しながら三回ほど繰り返して聴いたらさすがに飽きて、だがリピートさせたままにした。窓枠の十センチほどの出っ張りにかつて誰かが鉢植えかなにかを置いていたらしい跡があることに気付いた。その丸い跡がソーサーであるかのように、発泡酒を置いてみた。窓外の手すりの一部分が変色していることにも未苗は気付いていたが、そちらには特に思い致すことはなかった。

丸い跡は七瀬奈々がつけたもので、つまり未苗の推理は当たっていた。奈々はタクシーで帰宅した夜から、六畳間で過ごすことが増えた。それまでは衣装置き場でしかなかったのを、同僚にもらった鉢植えを窓際に置いて、でもすぐに枯らしてしまった。枯れたのは自分の無精のせいなのに、自分がもたらした結果となんだか思えず、奈々は未苗が座るあたりに仁王立ちで舌打ちをした。それで鉢植えも放置し、跡が残された。枯れたものは捨てるという、ある種健全な身動きが取れるようになるのに、まだ少しかかる時期のことだった。

二人ともにたまたまある夜、タクシーで流れた異なる歌い手による同じ音楽に胸をうたれたのだが、奈々と未苗の軌跡はそのこと以外ほとんど重ならなかった。未苗はやがてこの丸に重ねるようにパンジーの鉢植えを置き、引っ越すまで枯らさずに花を咲かせたし、奈々はギターでニルソンをそっと弾き語るようになった。

諸木十三はかつて七瀬奈々が出来なかったことを変則的に実現した。タクシーでボロい藤岡荘の真ん前で降りるのではなく、藤岡荘から乗ったのだ。しかし、事前に「迎えにいきます」ときいていたものの、やってくるのがリンカーン・コンチネンタルとは予想外だった。

「おいおい」鉄砲を音を立てて降りながら、十三は笑っていた。

「諸木先生、今日はなにとぞよろしくお願いします」

「よせよ」自動ではない、白手袋でドアを開けてもらったリンカーンに乗り込む。白昼だ。

同じ藤岡荘に暮らす誰かが薄い玄関扉から出て来て、目を丸くしたら愉快だろう。

「今日は先生でいかせてくださいよ」

「最後、セブンイレブンからの右折、大変だったろう」

「はい、こっちの道からきて、マンションの車止めでターンさせてもらいました」

「俺もそうする」

藤岡荘からは誰も出てこない。むしろ向かいのマンションから出てきた二十年前のボディコンみたいな格好の女が、スモークガラスの向こうでぎょっと足を立ち止まらせるのがみえた。

諸木十三は前日、定年退職するまでハイヤーの運転手だったのだ。

第八話　いろんな嘘

ボディコンみたいな女が去り、諸木十三（12〜16年居住）の乗ったリンカーン・コンチネンタルが送別会の会場に向かって後、一台の軽自動車が第一藤岡荘の前に停車した。助手席の窓が開き、小学生くらいの女の子が顔を出した。

「まだあった！」声を発したのは女の子ではなく、運転席の男だ。

「ほら、父さんな、あそこで生まれたんだ」運転席の男は二瓶敏雄・文子（70〜82年居住）の息子、環太（71〜82年居住）である。

「へえ」

「変わってないなあ」ハザードを点けたまま、中年になった環太は懐かしそうな声音をあげ、建物を視界に収めようと首をひねった。

「まわりは全然、こんなじゃなかったけど」運転席の窓も開き、環太は今度は反対側に建った立派なマンションを見上げた。藤岡荘の隣も、なにかの畑だったはずが住宅になっている。ここまでゆっくり走らせてきたが木造モルタルは少しも周囲に見あたらない、この建物しか残ってなさそうだ。

「生まれてからずっとここに住んだの？」

「小学五年生まで。すぐ近くが学校で、このあと通ると思うけど……」

「降りてみる？」環太は娘の顔をみた。そんな気づかいを言える年になったか。

「今日はいいや」中華街に向かう途中の思いつきだ。そういえばかつて暮らした藤岡荘の所在は、広い意味で言えば横浜だ。カーナビに小学校の校名を入力して音声の指示通りにきたら、途中から家への道を思い出した。人と疎遠になるのと、場所と疎遠になるのは似ているけど違っている。場所は場所の意思で疎遠になるわけではない。

側面の白い壁に記された「藤岡荘」の古めかしい表記も変わっていない気がする。瓦屋根も、樹脂トタンのひさしも。

だがブロック塀はくすんでいるし、かつては各家庭の洗濯物が賑やかに干されていた外廊下はがらんとして、手すりは剝き出しの肋骨をみせているみたいだ。一階の各戸の扉の周囲にはガラクタやゴミばかり落ちており、アスファルトのひび割れのあちこちから雑草も伸び広がっている。もう、どの室にも誰も住んでいないのかもしれない（ついさっき、一張羅を着こんだ男が悠然と五号室から出てきて高級車で去ったことなど、もちろん環太には想像できない）。

「降りてみようよ」娘は重ねて水を向けてくれたが、あまり時間をかけては到着が遅れ、食事の予約の時間に間に合わなくなる。また機会があれば一人で再訪しようと決意し、発進させる。

「何年くらい暮らしたの？」ピンとこないのか、娘は同じような質問をした。

「だから、生まれてから小学五年までだよ。おまえのじいちゃん、ばあちゃんと三人でね」

「えっ、あ、そうなんだ、へえ」娘は通り過ぎるアパートを振り向き感心気味に一瞥した。

今、娘はあの瓦屋根の建物全体に暮らしていたと勘違いしているだろうと環太は思った。間違いを訂正しなかったが、したら驚くだろう。あの建物のさらに五分の一ほどのサイズの狭い家に三人の人間が十一年間も過ごしたのだ、と知ったら。

「トイレ、汲み取りだった？」昨夏に遊びに行った、母（つまり、環太の結婚相手）方の祖父母の家は閑散とした山奥の村内で、汲み取り便所というものをこの年で知ってカルチャーショックを受けたばかりだったのだ。そこから「大昔の家＝汲み取り」という認識ができたのだろう。

「和式だけど、水洗だったよ。ちゃんと『風呂・トイレ別』の家」不動産屋の言い方になった。

父さんってどんな小学生だったの？　娘の質問は当然のように、場所ではなく環太自身のことになった。

「普通だったよ……あっ」角を二つ曲がり小学校に向かう途中で声をあげた。

「どしたの?」

「なんでもない」なんでもなくはなかった。毎週のように入り浸っていたバッティングセンターのネットがなくなっていたのだ。すぐに懐かしの校舎の間近を通り過ぎたのに、環太は少し冴えない顔を浮かべていた。

二瓶敏雄がゴルフ練習場と見込んでいた建物は完成してみると野球のバッティングセンターだった。近づいていくとネットに丸い野球ボール型の看板が取り付けてあって、すぐに知れた。巨人人気の時代、小学校の傍とあればそう予想するのが自然だったろうが、敏雄はさしてガッカリせず、すぐさま環太に木製バットとグローブを買い与えた。環太は野球にはあまり入れあげず、バッティングセンターでも友達と二十円のアイスを買い求めてチュウチュウ吸ってるばかりだったが、それでも持参のマイバットで「百二十キロ」の球を無理して打ち返し、まぐれでホームラン看板に一度だけ当てた。

バットは常に五号室のトイレ脇に立てかけられることになった。毎朝のトイレの順番待ちの際、敏雄も環太もバットを手もちぶさたに持った。「玄関の間」にて「打順」を待つ、さながらネクストバッターズサークルにいる気分だ。

「変なの」台所の文子はエプロン姿で笑っていた。

第一藤岡荘のトイレは水色と白の小さなタイル張りで壁は白、天井近くに木製タンクのある和式便器だった。二瓶夫妻が暮らして五年目（通算で築九年目）でタンクが漏るようになり、白い陶器のタンクに置き換えられた。トイレットペーパーホルダーが取り付けられたのもこのときのこと。つまり二瓶一家は数年間、先代住人の藤岡一平（66～70年居住）はずっと、四角い「ちり紙」で尻をふいた。トイレットペーパーは既に広く普及していたが、高級品という感覚もなお併存していた。一平と二瓶夫妻は同じ位置（便器の右側）にちり紙を置き、一平は左に灰皿とマッチを常備、二瓶文子はちり紙の脇に芳香剤（サワデーかピコレット）を置いた。

敏雄と環太を送り出してまず取りかかる家事がトイレ掃除で、これは引っ越すまでほぼ毎日休まずに行われた。文子はただ便器を磨くだけでない、タイルの目地が黄ばんだり黒ずんだりすることも避けたかったから、週に一度は粉末のクレンザーをふってタイルを磨いた。同時に晴れていれば洗濯機を回した。洗濯機の回る音は自室のものだけでない、両隣からも響いた。日当りは悪くとも、午前中に木枠の小窓を開けているとしばしば爽やかな風を感じた。

洗濯籠を抱えて表に出ると両隣のみならず、向かいの第二藤岡荘に暮らす主婦とも顔をあわせることしばしばで、手を動かしたままおしゃべりを交わすこともあった。

「久しぶりに晴れましたね、よかったですね」
「お宅のお子さんは何年生でしたっけ」
おしゃべり好きの人が越してくることもなくはなかったが、大抵は当たり障りのない話題に終始し、手を休めて「井戸端会議」になることもほとんどなかった。どの室も等しく日当りが悪いから、少しでも早い時間に干し終えたいと全員の気持ちが揃ったのだろう。午後になると六畳の窓を開ける（タオルや、靴下などの小物を干す）タイミングもまた揃うことがしばしばあった。

洗濯物を干し終えると文子は風呂を掃除した。風呂は複雑な模様のタイルの組み合わせで、その上に樹脂のすのこを敷いた。浴槽も薄青い樹脂製だ。すのこを持ち上げる掃除だけは憂鬱だが、文子はこれも週に一度は欠かさなかった。

風呂釜もまた二瓶夫妻の居住五年目に取り替えられた（シンクの蛇口交換や、ガスの元栓を二股にしたことも含め、居住性の点で五号室は二瓶時代にほぼ完成をみたといえる）。調子が悪くなったもののまだ使えたので、大家は風呂釜の交換は渋った。交渉の末、費用折半での交換になった（それで二瓶家はクーラーの導入見送りを余儀なくされた）。新しいバランス釜には当時としては珍しくシャワーもついていたが、結局二瓶一家の誰も使わなかった。水圧が弱く、実用に堪えないものだったのだ。テキ屋にすぐにほつれる背広を買わされたのに似た落胆を夫婦ともに味わった。この落胆は、以後、五十嵐五郎（84〜85

年居住）までの住人全員が——後続の者どもは出資こそしていないが、一応はシャワー付きと思って賃貸契約したため——揃って抱くことになる（五郎はこのシャワーを故障させてしまい、退居時に正直に報告したことで、落胆の連鎖は止まった）。

働きものの文子は午前中の種々の家事をこなす際、ほとんど辛い顔をみせることはなかったが、布団を外廊下の手すりに干す際、手に持っている布団でトイレ脇のバットをよく倒し、そのときだけは「もう」と小声をあげた。バットは板の間にコーンと良い音を響かせるが、布団を持っているから元に戻せない。仕方なく放ったまま、片膝で布団を受け止めつつサンダルを履き玄関の扉を開けて布団を持ち直して（大相撲中継で耳にする「ここで横綱、まわしをひきなおし」という実況を思い浮かべながら）外に出る。布団ばさみは外の手すりに挟んである。手すりは洗濯物を干す際、すでに乾拭きしてあるから、そのまま（寄り切り！）の勢いで掛けていく。布団たたきはあまり使わない。

勝ち名乗りを受け（ないが）、戻ってくると必ず転がっているバットを忌々（いまいま）しげに拾う。バットの柄にゴムひもやフックをとりつけて、トイレ脇の柱に釘でも打って、ひっかけたらいいのに。そんな思いつきからある日、文子は一度だけ、バットを構えてみた。野球中継をまじまじみているわけではないけど、柄にフックやゴムのついているバットなんて一度もみたことがない。

きっと、格好悪いんだろうな。勝手に取り付けたら、男達はきっと怒る。一塁側ベンチとか三塁側ベンチと呼ばれている、地面から掘り込まれた横に広い空間から変なユニフォームを着た全員（敏雄と環太も混ざっている）がいっせいに立ち上がって歩み寄り、文子に抗議する。おいおい、それじゃあサマにならないよ、と。

障子の半分を殺す形で置いてある食器棚をみやってから、両手でバットを握り直し、ふってみたら、みえている方の障子を思い切りぶち破いてしまった。すぐ脇の、台所から追いやられた食器棚のガラスが、振動でびりびりと震えた。

「あら」出た声以上にまずいことをした気持ちで青ざめ、障子に触れる。敏雄も環太もこでバットを振ったことなど一度もない。

「あーあ」仕方ないと文子はあまり気にしなかった。適当な嘘をつけば敏雄は信じる。バットをトイレ脇に丁重に戻し、二槽式洗濯機の脇に置かれたバケツから、青や黄色の洗剤のボトルを取り除けると、横着して洗濯槽から出した水を直接汲んだ。テレビでみたナイアガラの滝を今度は思い浮かべながら。

タイルの目地は文子の努力もむなしく、経年で黒ずんでいった。三輪密人（82〜83年居住）、四元志郎（83〜84年居住）、五十嵐五郎は水回りの掃除にさほど力を注がなかった。風呂の黒ずみに対し執念を燃やしたのは八屋リエ（91〜95年居住）だ。六本木にできた海外輸入の雑貨を売る店で、「あきらめていた汚れに」効くというドイツ製の洗剤を意気揚々と買い戻った。

タンクトップに高校時代のジャージを膝上までまくった姿で、四つん這いになって風呂のタイルをこすった。幾何学模様ともいえない、抽象ともいえない、蓮の葉の連なったようなこのタイルの並びはいったい何模様というのだろうと考えながら。

しばらくは使い古しの歯ブラシで目地をこすっていたが、腰に痛みを感じて顔をあげて「世界の広さ」にリエは呆然とした（ミノタウロスの迷宮！）。それでも普通のブラシに持ち替えて、必死にこする。こすってこすって、やがてこする音が自分の手先から発生している気がしなくなった。

結局リエは三時間で諦めたが、リエを笑うことは誰にもできまい。のちに九重久美子（95～99年居住）がガスホースを前に手こずって抱いた「無為な人生の時間」のただ中に、リエは三時間も埋没したのである！

やめて立ち上がったとき、リエは自分をバカなのではなく聡明だと思えた。水を流してみて、いくぶんか白っぽくなっただけの目地を悲しく眺める。テキ屋のスーツの喩えこそ浮かばなかったが、かつての二瓶夫妻と同じ落胆を、ここでは輸入洗剤に対して抱いた。（おのれドイツ！）呪いながら、すのこを新品に取り替え——黒ずみではなくむしろ自分が少しだけ白くした痕跡を——みえなくした。

引っ越し後三ヶ月目に購入した、和式便器を洋式に変えるアタッチメントには満足を得た（これの掃除もリエにむきになり、引っ越して捨てるまでピカピカに保ってみせた）。畳の上にカーペットを敷くのと同じ、本当ではない上辺だけの取り替えを虚しく感じるようにもなっていたが、上辺だろうがなんだろうが、トイレには座りたいのだ。

かつて藤岡一平と二瓶一家がちり紙を据えた位置にリエはゲームボーイを置いた。長居するつもりでもなく、むしろ普段遊ぶのには飽きたから、捨てるのもなんだしと戯れに置いてみたのだったが、あればあったで必ず手に取って遊んだ。ゲームボーイの薄暗い画面をよくみるため、トイレの電球を明るいものに替えさえしたのだ。向く方向は逆だが、しゃがんで一服する藤岡一平と腰掛けてパズルゲームに頭を使うリエと、同じくらいの渋面をみせた。

リエと逆に、三輪密人はトイレ以外のほぼすべての電球をトイレと同じ最低のワット数のものに取り替えた。枕元に読書灯はあったものの、五号室に持ち込んだのはわずかな詩集だけだ。本は密人にとってツールだ。道具だから、知りたい内容を脳に取り込んだらあとは用のないただの場所塞ぎだ。だから、読んでも分からずかつ分かりたい本だけを残し、SF小説や哲学書、思想書も引っ越し前にすべて古書店に売り払った。驚くほど安値だった。住居のほとんどを無駄な段ボール箱で塞ぎながら一方で物を捨てて減らしていくという倒錯を、少し面白がる気持ちもある。

電球も「面白がり」だ。映画の中で、容疑者を張り込むためアパートを借りた刑事が、家中の電球を暗いものに取り替える場面を覚えていて、不意にその気になったのだ（どちらかというと密人は容疑者側なのだが）。

何事につけ、その気になるとか興が乗るということがないと当人は思っていたが、密人自身が気付いていないだけだ。読書や思索で客観性を培（つちか）っているつもりでいたが、自己を把握しきれないまま密人は生き続けた。

「引きこもり」でも「ニート」でもない、後の時代の人間には（特に誰にも残念がられることもなくひっそりと）失われていった「ただの暗さ」だけを基調にして。

とにかくこのときは、張り込み風に暮らすならば明かり自体を点けない方がいいとさえ思ったが、いかな密人といえ、真の暗闇で暮らすことはできなかった。部屋はともかく、風呂の照明が暗いというのは入浴していてとても不思議な気持ちだった。

湯船に浸かりお湯を両手ですくって顔にかけ、頬を叩く。すっかり弛緩（しかん）してしまっていると自嘲しながら。当初はあらゆる未知の危険を想定し緊張しながらの生活だったが、まったく何事も起こらない、いたって穏やかで退屈な日々だ。建物自体の古ぼけた感じや、初めて暮らした住宅街の平和な気配はともに盤石（ばんじゃく）で、好景気の空気とも相まって増してさえいるようだった。そんな中で緊張を持続できる人間などいないと高（たか）をくくり、呑気に入浴を楽しむようになっていた。凄絶な過去の数年間が、遠いことのように、もしくは虚精めいて感じられる。

外廊下を話し声が過ぎて行く。聞き慣れた「四」号室（だと密人は思っている）の者の声音ではない。水音を立てぬよう体を硬くし耳を澄ませる。怪しの者かもしれぬ、裸では応戦できない。腰をうかしかけ、やめた。まだ夕暮れで電球はつけていなかったが、煙突から熱気が漏れ出ているはずで、留守を装うのは土台無理だ。

会話に耳をすますうち、二ヶ月ほど空いていた反対の六号室を内見にきたらしいやり取りだと知れた。一人は不動産屋で、あと二人、夫婦かカップルだ。

外廊下から入室して後、再び声が明瞭に聞こえるようになったのは、不動産屋が空気の入れ換えのため、六号室の玄関の間の窓を開けはなったからだろう。

「お子さんが生まれても、十分に対応できる間取りになってます」

「こちらにも、外の廊下にも洗濯物が干せますし」

「静かですから、いいと思いますよ」

「駅前に病院ができたら、お店もどんどん増えます」不動産屋の調子のいい声ばかりが耳に入る。内見するといっても狭い家だ。見分を終えるのに十分かからなかった。

再び部屋を出たらしい、夫婦の気配が外廊下に移る。

「お隣は、なにをされている方？」という女の言葉に密人の体は再び固まった。女が、外廊下の端から五号室と四号室をまっすぐみている姿が想像できた。みなくても分かる。何者であれ彼らは、これから自分とまるで違う生き方をしようとする者だ。そういう声音だ。「お隣はですね……」不動産屋はまだ外廊下にいない、窓をしめながら外に向かって答えている。薬品関係の会社にお勤めの単身赴任の方で、昼間はほとんどいらっしゃらないようですよ、という不動産屋の言葉に、二人は安堵したようだった。耳慣れぬ嘘の履歴に密人も聞き入った。磨りガラス越しに三人の影が行き過ぎ、鉄階段を鳴らして去って行く。

密人は湯船にもぐった。息を止められるだけ止めた。大きな水しぶきを立てながら顔をあげ、彼らがくる前からずっと潜水していたかのように深く息をついた。

霜月未苗（04〜08年居住）は夏の夜遅くに外廊下で、同居人の溺（おぼ）れる音を聞いた。ある決心を胸に一歩一歩階段を踏んでいたのだが、音でそのことは忘れ去った。門から風呂場の明かりはみえていたから入浴は分かっていたものの、近付いて行くと磨りガラスの窓は半分以上開いていた。激しい水音と咳き込む声にさらにおずおず近付くと、ちょうど水しぶきをたてて桃子が顔をあげたところだ。

「大丈夫？」（覗き放題だよ）外廊下から心配ではなく呆れながら声をかける。

「寝てた、寝ちゃってた」湯気の中で桃子は——婆さんというよりはむしろ——爺さんみたいな咳をしつつ、顔に貼り付いた髪を指ではらった。それから無事の合図として手をふってみせた。ワニのおもちゃが湯船にみえた。あんなの浮かべてんのか。玄関の鍵を回すとむしろ施錠された。最初から開いていたのだ。

「おかえりー」

「ただいま」(覗き放題で、侵入し放題だよ) 呆れを深めながら玄関の間を通り過ぎて台所に向かう。中華鍋にあんかけ風のものができている。シンクの流しの左側に——かつて二瓶文子が工夫したのに似た延長台を設けてあり、そこに——片栗粉や半分切った野菜が出しっ放しだ。例によって桃子は食べ終えていることがシンクの食器をみれば分かる。冷蔵庫に買ってきたものを入れ、代わりに発泡酒を取り出す。

「私さー、分かっちゃった!」風呂を出たらしい、桃子の声はもう潑剌(はつらつ)としている。

「へえ」風呂でなにがしか分かるなんてギリシャの偉人みたいだ。いや、ローマの偉人だったか。小学校のころ読んだ学習まんがの中で、科学者は万物の体積について発見をする。裸で風呂を飛び出して叫ぶのだ。

ユリイカ! と。台所にやってきた桃子は素っ裸ではなく、さすがにバスタオルを体に巻いている。もしかして、あれだろうか、浴槽の漏れの原因が分かったのだろうか?

「隣の、六号室の男のことなんだけどさあ」違っていた。タオルがはだけそうだ。

「うん」(風呂覗き放題の、部屋入り放題の、レイプし放題だ) 物騒な言葉を思いつつ、口をつけた発泡酒を手渡すと桃子は一口呑んだ。ビールの前にお湯飲んじゃって損した、と呟(つぶや)いてから未苗を見据えた。

「あ、さっきお風呂入ってたんだけどさあ、いや、今までだけどさ、隣の人のさ、電話が丸聞こえだったのよ」

「ああ、たまに聞こえる時あるよね」

「でさ、戸成さんって、たしか、お医者さんだって言ってたよね」

「トナリさんって……ああ、六号室の人ね。たしか、不動産屋がそう言ってたよ、駅前の病院に勤める医者だって」苦学生で、医者になったあとも借金を返しながら今もここに住んでいるのだ、と。

「もう、ぜんっぜん！」変な声を桃子は作った。缶を返そうとしてきたところを断って、未苗は冷蔵庫からもう一缶取り出した。

「全然？」

「全然、医者じゃないから」今度は極端な小声になった。四畳半の障子をみやったが、四畳半ではなく、そのさらに向こうを示していることが伝わる。件(くだん)の戸成さんは隣室に在宅しているのだ。

「あ、そう、違うんだ」

「前からさ、物干の洗濯物みてて、こんな医者いないよなあって思ってたわけ。そしたらさっき、長電話聞いてたらさ、あのね、あの人、劇団Sよ、劇団S」

「へえ」役者かあ。

「ライオンの王様よ、キングライオン！」桃子は人気ミュージカルの動物の動きを真似したが、その足の動きはライオンじゃなくてキリンだよと未苗は思った。

「ねえねえ、検索してみてよ、『戸成　劇団S』で！」桃子はすでに様々な私物を四畳半に運び込んでいたが、パソコンは持っておらず、ときどき未苗が障子越しに検索してやることがあった。

この日は揃って六畳に入り、ノートパソコンの画面を女二人で覗き込んだ。

「トナリって名字、どう書くの？」

「一戸建ての戸に成る」桃子は即答し、「劇団S」とあわせて未苗が検索窓に入力した。

『検索』を、クリック！」桃子がマウスを操る。

二人、声を揃えて笑った。

たまに外廊下や門のところで会釈をする無精髭の男の顔が本当に画像一覧に表示された。

ちょっともう！　桃子は笑いながら、未苗の肩をぺしりと何度も叩いた。

「たしかに、劇団Sの稽古場が、近くの駅にあるわ」あーおかしい。

「どこが医者なんだか」ねえ。

「まあね、入居時にね、『劇団員』じゃ……」

「まあ、借りにくかったろうね」

「何年前からだろうね」

「もう、四、五年は住んでる風だよね」さすがの二人も、彼が八屋リエの代から隣人であることは知る由もない。医者であることを疑っていたわけでもないが、未苗は意外に思わなかった。内見の際の不動産屋が、妙にディテール深く教えてくれた隣人の情報を、そのときは「おしゃべりな不動産屋だ」とだけ受け取った。個人情報保護の時代に、いいのかと。

「お風呂、保温になってるよ」

「うん」入れ替わりで玄関の間に向かい、しかし服を脱がずにトイレに入る。トイレットペーパーは脇に置いてあった。少し前、ホルダー部分を桃子が誤って流してしまっていた。回転しないトイレットペーパーの使いにくさを実感しながら手でちぎり、忘れていた決心を思い出す。

「出てってくれないか」と桃子にいうつもりだったのだ。共に検索かけてアハハハハ、じゃなく。天井の照明を眺め、トイレを流して嘆息する。古いトイレは水の流れる音が大げさだ。水流が工夫されたのか、便器の素材も変わったのか、近頃の水洗トイレは静かになった。このように盛大な水量と水勢の水洗トイレはほとんどみかけない。この音にまぎれさせることを覚え、引っ越し間もないころには確保するのに難儀した、嘆息の場を未苗は得ることができた。

風呂場ではまず窓を閉めた。話題の、隣家の声がする。ああ、おお、と相槌をうっているようだから、また長電話だろうか。湯船に浸かり、お湯を両手ですくって顔にかけ、頬を叩きながら、思い直す。あのとき不動産屋が饒舌だったのは、苦学の末に立派な道を進む者を誉れに思ってのことではなく、不動産屋自身が、その嘘を信じたかったからではないか。

たとえば、桃子が語ってくれた桃子自身の履歴を、私は本当に信じているだろうか。気を許して、いいコンビみたいに暮らしているけど、桃子がたとえばあの障子囲いの四畳半に、爆弾か死体なんかを持ちこんでいないという保証はどこにあるのか。覗き放題の、入り放題の……あれ、油断してる人、私か？

湯上がりに発泡酒の残りを呑みながら、桃子の気配をうかがう。桃子は中華鍋を火にかけて屈託ない横顔をみせている。

「？」

「ううん、なんでもない」そっぽを向いた。恋人に別れを告げられないときの返事だよ、これじゃあ。実は好きな人ができてと嘘をついて、あっけなく退出の快諾を得たのはもう少し後のことだ。

「なんでもない」六原睦郎も妻の豊子（ともに85〜88年居住）に嘘をいった。引っ越し当初、台所脇に置かれた電話は、豊子の入院中に電話台ごと玄関の間に移動させた。邪魔だからと。たしかに玄関の間にはまだ物を置く余地があった。豊子は、外廊下を歩く人に電話の話し声が漏れ聞こえることを案じたが、「年寄りにかかってくる電話なんて財テクを勧める銀行ばかりだ」という方便は、とっさに出たにしては説得力があったようだ。

「なんでもないってことないでしょう」このときは豊子は訝しんだ。電話の相手が息子であることは、受け答えの最初でもう分かっていた。息子は、ではなんのために電話してきたのか。

　肝臓の腫瘍がどういったものだったかを知りたいのだ。息子には、かけなおすと言うのが精一杯だった。

　摘出手術は無事にすみ、退院してしばらくは養生していた豊子だが、睦郎に任せていると家の散らかりが気になるらしい。朝からシンクをごしごしやり出していた。

　摘出した腫瘍についての報告は正式には明日病院で受けることになっているが、睦郎だけあらかじめ結果を聞いていたのだ。

「あの子、なんて？」

「知らん」いつでも怒りっぽいのがここではカムフラージュになった（と睦郎は勝手に思った）。帽子をかぶり外に出て、近所にできたばかりのセブン‐イレブンに向かう。脇に公衆電話があった。慣れないテレホンカードを挿入し、小さなメモ帳の頁を舐める。

「……6の3396スル、と」息子と話し込むうち、落ち着いてきた。セブン‐イレブンに入ろうとしてやめて、電車で隣の駅まで出向き、菓子を買って戻った。豊子は意に介さずに風呂を掃除していた。

「おかえりなさい」という声が横手で反響する。

「無理するなよ、お茶にしよう」「はい、あと少しで終わりますという声も反響している。ポケットの菓子の釣り銭から百円玉を一枚抜いて、台所に向かった。台所と四畳半の間の柱にプレート型の貯金箱が吊るされている。銀行でもらったものだ。上部からコインを入れると蛇のようなルートを落ちて行き、三十一枚で埋まるから、一日一枚入れることでカレンダーにもなる。ちょうどコインの留まる位置に数字も記されている。一枚投じれば、今日で手術から二週間たったと分かる。入れようとして、止して、コンロにやかんをかけることにする。

「お風呂の栓がダメになってるので、今度あなた買ってきて下さいます？」

「ああ」普段なら、ダメになってるって？　どれ、どんな風に、と身を乗り出しそうなところ、素直に答えたことでまた訝しがられた気がした。

「ほら」ごまかそうとしたわけではないが、自分で入れようとして留まった百円玉を豊子に手渡した。水仕事を終えたばかりの豊子の指に触れると、ひんやり濡れていた。

「子供じゃないんですよ」いいながら豊子は、だがまんざらでもなさそうに百円玉を貯金箱に投じた。月に三千円の積み立てでなにが買えるわけでもないが、少しでも旅行の足しにしようと言い合っている。カタンカタン、蛇腹を進んだ百円玉が、昨日いれた百円にぶつかって静止するのを、二人はそれぞれにみつめた。豊子は貯まった額を、敏雄は日付を。次の入院は来月の予定だ。

睦郎がホームセンターで買い替えた風呂の栓だが、わずかに口径が大きかった。「大は小を兼ねる」ことわざの通りには、ここではいかなかった。栓はしっかりと口を塞ぐことはなく、入浴中の足が触れたりすると微妙に傾き、隙間が生じた。

（どこが漏るんだろう）七瀬奈々（88〜91年居住）は一人で首を傾げた。

「なんか漏るんだよね」八屋リエは遊びにきた恋人に浴槽のひびを丹念に探してもらった。九重久美子も原因を特定できなかったことは第四話で記した通り。十畑保（99〜03年居住）は漏れ自体に気付くことなく、霜月未苗は漏れるときと漏れないときとあることまでは把握したが、やはり解明できないまま退場を余儀なくされた（そんな大げさなことでもないのだが）。睦郎は、サイズこそ間違えたものの、球の連なるステンレス製チェーンの先の、小さな輪っかをペンチでかしめてしっかり新しい栓を取り付け直したため、誰の目にもいかにも純正の、もとからあった「正しい栓」にみえたのだ。外廊下の網戸に施したような、画鋲ですませるぞんざいな仕事だったら発覚も早かったろうに、人生とはなんとも皮肉なことである（と言うほどのことでもないが）。

ついに気付いたのはアリー・ダヴァーズダ（09〜12年居住）だ。

浴槽の中で、あるとき足の親指と人差し指でチェーンをつまみ栓を押さえたとき、かすかな漏る音がぴたりと止まった。

栓と穴と、サイズがあってないのだ。ダヴァーズダは何度か瞬いた。

「Ｅｕｒｅｋａ！」小声で呟いた。

ほうら、と思った。

これもニッポンだ、ダヴァーズダは感じ入った。向こうで、滝の落ちるような音が響く。大迫先輩が長いトイレから出たようだ。トイレの中でもスマートフォンをせっせといじっているらしい。センパイのドアを開閉する音が、流水の激しさと対照的に少しだけおしとやかに聞こえる。

五号室の多くの扉は障子だが、トイレと、玄関と台所をつなぐドアはノブのついたもので、両方を同時に開けるとドアとドアがぶつかってしまう。少し前に大迫センパイとダヴァーズダは「なあおい……」「あのーセンパイ」と呼びかけあいながら派手に衝突した。大迫センパイは力負けし、跳ね返った扉で鼻をしたたかうちつけた。それ以来、センパイは五号室のトイレのドアだけはそっと開閉するようになった。

歴代住人の誰もドアとドアがぶつかる齟齬を気にしなかった。藤岡一平の時代には麻雀の仲間同士がしばしばドアをぶつけたが、おっと、とわずかに言葉をあげただけだし、その後の単身者たちや二瓶親子、六原夫妻らの暮らしにおいても、二つのドアが同時に動くことはほぼなかったのだ。

ガサツなセンパイにだけ生じた（だけ、とはダヴァーズダも知らなかったが）用心深さを、ダヴァーズダはいささか改まった心持ちで感受した。なんだか、異国にきている自分を俯瞰している気持ちになる。

「ダヴァさんってさあ……」今度はごく無遠慮にガラリ戸を開けてセンパイが顔を出してくる。やはり手に持ったスマートフォンの、カメラをダヴァーズダに向けた。シャッター音が響く。

「ダヴァさん、すごい画になってるよ」

「センパイもおかしいですよ」ダヴァーズダはゾンビのメイクが落ちきっておらず、湯船が血のりで真っ赤に染まっていたし、大迫も脳みそが半分飛び出たままだ。どんな映画が完成するのかダヴァーズダには全貌がみえない。

「ダヴァさんって、和式トイレも座ってするって本当？」言いかけた質問を続けた。

「本当です、できますよ」湯気越しに答える。

「自分でしたらうんこが盛り上がって、尻にあたらねえ？」

「ずらしながらするんです」真面目に返答し、大迫は笑った。

「ゴール、全部言わないでくださいね」風呂の戸を閉めたセンパイが、障子の開け閉めに手こずっているらしいのが音で分かる。トイレにも障子にもいろいろとコツがいる。

ダヴァーズダが日本にきて覚えた最も日本的なこと、それは「コツ」だ。浴槽にさえそれはあった。日本ならではのコツがあるのではない、ニッポンはすなわちコツの国という実感。そして五号室はコツの部屋。

風呂の栓のコツはもう押さえた。ダヴァーズダは親指と人差し指をひそかにわきわきと動かした。熱い湯温に気持ちよさを覚え出した、入居二年目の真冬のことだった。

第九話　メドレー

霜月未苗と間取りの話

桃子の居候を容認するまで、霜月未苗（04〜08年居住）は第一藤岡荘の広さをこそ買っていたのだった。都心からうんと離れるのだからそのぶん、部屋の広さには余裕をもってもいいだろう、と。

地味な人生を送ってきたし、これからも送るだろうという予感があった。七瀬奈々（88〜91年居住）のように失恋の傷心で落ち延びてきたということでなく、もっとずっと「なにも起こらない」ことに対する不安が、景色の変化を求めさせた。これからも地味な人生を送るという予感に対し、諦めではなく、ならば豊かな地味さを、という気持ちだ。

三方を障子で囲まれている間取りのことは変だと思っていたが、内見の際、四畳半に入って三方とも閉じてみた。未苗は自分からは決してみえないアングルを思い描いた。三方から自分が覗き込まれているところを。障子紙に指を突き立ててする覗き見を、されているかもしれないという空想。

そして無限回廊みたいに、どこまで障子を開け放って進んでいっても次々と障子の部屋が現れる、そういう錯覚を抱くこともできた。楽しいのか恐ろしいのか分からない錯覚だ。ここに住むならば、絶対に四畳半を寝室にしようと考えた。

不動産屋に地図をコピーしてもらい、街も事前に巡ってみた。藤岡荘の門の前は大きなマンションで、左に歩くとすぐ通りに出て、坂を上って左にいけば小学校と、やっているのかしまっているのか分からないバッティングセンター（やっていたらいいなと未苗は思った）。右にいけば坂を下って駅。駅前のロータリーは商店が並んでいて、ひなびているわけでも、チェーン店だらけというわけでもない、ちょうどよさを感じさせた。ロータリーにある銀行のＡＴＭコーナーが自分のメインバンクのものだったことも決め手になった。

生きていて「なにも起こらない」なんてことは、本当はない。恋愛とか結婚とか、そういう「メジャーな」出来事でなければ、日々なにがしかある。「ただいまをいう相手もいない」といううがい薬のコマーシャルのフレーズに、全国の独身ＯＬ同様にうるせえと毒づきつつ（身につまされつつ）帰宅する日々ではあったが、もっぱら呑気な心持ちでもあった。五号室への引っ越し直前、酔いつぶれた上司の隣にいた桃子と意気投合したりすることもある。なにも起こらなくは、ないのだ。

しかし、まさか自分が三方から他者を囲む側になるとは。障子に穴こそ開けなかったものの、末苗の暮らしは「恩返ししない鶴」を常に障子の向こうに意識することになった。桃子に出て行ってもらうためについた嘘はその後すぐ、本当になった。嘘のような良縁に恵まれたのだ。五号室に招かれてきた男はネクタイをゆるめながら、四畳半だけが妙にガランと空いていることを不思議がった。もっともだと末苗も思った。

「障子に囲まれるだけがなんだかよくて」長く一緒に暮らした、不思議な友のことを大事な人に教えないのはなぜだろうと自分でも思った。

引っ越しの日、エアコンの取り外しに予想外の難儀をした。室外機が持ち上げられないと引っ越し屋はいう。既にある隣室の室外機や粗大ゴミの隙間に上からすっぽりと差し入れたもので、入れるときは「落とす」のだからまだしも、「上げる」のはもっと大変だ。落とすのは上げるより簡単とはいえ、設置した際の業者の苦労に初めて思いを致した（まさか桃子も関わっていたとは想像しなかった）。大家に電話を入れ、エアコンを残していくことで了承を得た。

すべての荷物が運び去られた部屋で、段ボールに記入していたサインペンを尻ポケットから取り出した。エアコンのリモコンに付箋を貼った。

これまで、間違いなく自分で暮らしていたのに、自分が自分の人生を生きていなかったという感覚が少しあった。なにかの主人公である桃子を傍観していた――彼女の生き方をうらやましく思うとかいうこととも違って、とにかく自分は脇役のようにしていた――という気持ちが。実際、エアコンも自分の持ち物ではない。せめて筆跡だけでも残そうと注意を書き入れ、玄関にうやうやしく置いた。

藤岡一平とシンクの話

同じ大学に通った八屋リエ（91～95年居住）や九重久美子（95～99年居住）と比べても藤岡一平（66～70年居住）は頻繁に自炊をした。二口のコンロが置ける面積に、だが置いたのは一口のもので、点火装置もついていないタイプだから、傍には大判のマッチ箱が常備され、煙草と兼用になった。

一平の自炊は、もやしを大量に入れるインスタントラーメンか、もやし中心の野菜炒めや焼きそば。あとは日持ちのよい玉葱を常備した。肉は豚の細切ればかり。コンロが一口だから、作るのも一品。なんにでも味の素をふりかければとりあえずうまかった。

一学期は学食の世話になったが、サークル活動には特に入れあげなかったため、夏休みになると学校にいく用事がなくなった。最初の夏休みにすぐに電気釜を、入居三年目には冷蔵庫さえ買い揃えた。

「玄関の間」から戸を開けたすぐの壁に、合板の安い食器棚を置いた。シンクから振り向いて食器を取り出す動線で、多くの住人が同じように棚を設置した。一平は棚の上にポップアップ式のトースターも置いたが、これはすぐに使わなくなった（日本国民の多くが同時期、同様にした。誰もが憧れたが、思ったほど使い勝手がよくなかったのだ）。

電気釜は炬燵の脇に床置きされた。味噌と米はすぐ近所の実家からちゃっかりもらってきた。それからはもっぱらカレーライスか、親子丼だ。

居住後半、酒を覚え麻雀にハマってからは自炊が減って店屋物が増えた。出前の丼に添えられている沢庵は、のちに四元志郎（83〜84年居住）が引っ越し当日に店で食べてしょっぱさを感じたものだったが、一平は特になにも感じなかった。シンクは麻雀の気付けに顔をじゃばじゃば洗う場所にもなった。まだ回転式だった蛇口をひねり、勢いよく出る水を何度も浴びた。蛇口をきつくねじって流水を止めるその動作が、次の半荘（ハンチャン）にみなぎる決意を増強させた。

五号室を引き払う日に、食堂の若者が大福帳を手にツケの精算にやってきた。外廊下の、タンスや棚の運び出されていくすぐ横で支払いを済ませた。見送りに出てきた隣の六号室の若者に柱時計を渡して、奇麗に借金はなくなった。

「いいんですか、こんな立派な……」

「ああ、いいさ、世話になったしな」留年するらしい隣人に対し、一平は優越感を隠すことがどうしてもできなかったが、隣人は特になにも感じ取らず、赤ん坊を抱くみたいに時計を受け取った。

九重久美子と雨の話

雨だれのあまりの強さに、九重久美子は目を覚ましたことがある。この音は瓦屋根だけではないな、と久美子は類推した。表の樹脂トタンを叩く音が特に打撃音として大きい。樋を溢れる水音も混ざっている。

目覚めた直後は、そこまで明晰に考えたわけではない。のちに霜月未苗が(雨音に対してではないが)思ったノアの方舟を、久美子もまたぼんやり想像した。ただし、動物が乗り込む場面ではない、いきなりクライマックスだ。

誰も信じなかった嵐が、ついに到来した。地表はみるみる荒れ狂う海となり、翻弄される舟。九重久美子のノアの方舟は、聖書や、聖書を子供向けに啓蒙した絵本によるイメージではない。『ドラえもん』だ。

あるとき予知夢をみたのび太少年が、ドラえもんとともに小さな庭で小さな方舟を作る。聖書にならって、人々(しずか、ジャイアン、スネ夫たち)は彼らを笑い飛ばす。狭い船室で二人、くるともこないとも分からぬ嵐を待ちながら同じ布団に枕を並べる。雨音に乗り物を想起したのは二瓶夫妻（70〜82年居住）の息子、環太とも共通する。運命に翻弄されるように頼りない小さな乗り物で大海原に漕ぎいでる、その船内に身体を置いていると考えると、少年の環太がかつて抱いたのと同じ身震いが久美子の身にも訪れた。『ドラえもん』のその逸話を幼少期の久美子はとても愛した。この世界はひみつ道具なんかで面白くなるのではない。常と異なる狭い「室」でなにかの予感を抱きながら目を閉じるだけで、いい。

今、自分がしているのがそれか。すっかり見慣れてしまったが、生まれ育った家とは異なる「室」の天井をみあげている。

「予感」だけがない。

直後に脳裏に浮かんだ、お向かいの第二藤岡荘六号室のシングルファーザーを振り払うように布団から出て、障子を開けて台所に移りせっせと歯を磨く。バイトに出るまでまだ三時間あるが、寝直せそうもない。雨音に変化はない。みてやれ。歯ブラシをくわえたまま六畳の窓を開けて、雨を眺める。よく降っているが、特に豪雨でもない。藤岡荘の響く音が殊更に大げさなのだ。視線を落とし、手すりに針金をみつけた。錆びて、ほとんど手すりと一体化している。歯ブラシを持ってない方の手で針金に触る。これはまたずいぶんと立派な針金だ。かつての住人は、ここになにを固定したのだろう。鉢植え？　ＢＳ放送のアンテナ？（惜しい！）泡をぺっとしに台所に戻る。窓を閉めるとむしろ雨音が強くなる気がする。口をゆすいで今度は外廊下に出た。

ちょうど向かいの第二藤岡荘、二階の五号室から女子高生が出てきたところを久美子は目撃する。藤岡荘に、あんな子いたのか。ほう、と久美子は顎に手をあてた。ギャルだ。鞄にジャラジャラつけたマスコットから、茶髪からルーズソックスから、どこからみても完璧なギャルだ。鉄階段を雨に負けない音を立てて駆け降り、険しい顔で傘を開く。登校という風ではない、あれは出陣だ。まだ登校時間にはずいぶん早いと思うが、先制すべきなにかがあるんだろう。

「ナナ、待ちなさい」向かいの扉が開き、母親らしき女が顔をだした。ギャルは既に「へ」の字のレールを踏んで雨音をバチバチと響かせながら外の道に出ていくところだ（ナナっていうのか）。

「もう」母親らしき女は呼び止めるのを諦め、すぐに扉を閉めた。

ヨーソロ、ヨーソロー！　久美子は拳をつくり、傘を見送る。

それから樹脂トタンの長いひさしを、推理した通りに音を立てて流れる水滴を眺めながら思う。もし、反対に、彼女からみられていたら。これまで自分は、どんな姿で鉄階段を降りて門をくぐり抜けていたのか、心もとなくなる。

六号室の娘も、いつかあんなギャルに育つのかな。「予感」なんか何ひとつ抱かずに、常にあんな風な戦う表情を湛え、ひたすら生きてきて帰ってきて寝て、また生きてきて帰ってきて……。

と、その六号室の戸が開き、件のシングルファーザーの娘も出てきた。カッパを着込んでいる。いつもなら勢いよく開閉する戸を今朝はそっと閉めている。目があったので会釈をすると、ぷいと外に駆け出て行ってしまった。父親も続いて出てくる、もしくは声が聞こえるはずと思ったが、なかった。

バイトと授業を終えて帰宅すると、雨はやんでいるのにカッパを着たままの女の子が第二藤岡荘ではなく久美子の部屋の手前に立っていた。鉄階段を上り顔をみる前から、彼女が傷ついていることが伝わってきたのが不思議だった。

「こんにちは」

「……………」

その日、久美子は女の子を家に泊めた。前日の夜に父親と喧嘩して早朝、無言で飛び出した娘の、一日だけの家出を久美子は手伝ったのだ。スーパーマーケットに出かけるふりで、向かいの六号室にこっそり手紙を差し入れておいた。自分は家出をしなかった。母に対して反抗もしないいままだ。

（自分はもう家出できないのだな）変なことを気付いた。

うちの天井には顔がある、三人もいる、夜、娘に布団から天井を指差して得意げにいった。同じ間取りでも、違うものをみるのか。

久美子はノアの方舟の話をした。かつて母親が寝る前にいつも本を読んでくれたことを思い出しながら。幼いころだから父はまだ生きていたが、その時間だけ既に一対一だった。天井にはメリーが回っていた。

引っ越す日の朝、娘は久美子に絵をくれた。天井にいる三人の絵だ。二人は怒りんぼで、一人は笑っていて、笑っているのが一番怖いのだと娘は教えてくれた。父親は頭をボリボリかいていた。久美子は、彼に対して自分は予感を抱いていたのかもしれないとあらためて顔をみつめてみた。それはごく短時間だったので、みつめられた、と男は思わなかったようだ。久美子に不満は生じなかった。

「お世話になりました」

「就職しても、無理せずがんばってね」男の声音は女性に対するのでない、保護者のそれだ。

「はい、もう飲み過ぎません」と笑いながら「フレッシュな新社会人」ぽく答えた。

「お姉ちゃんの家、五号室なのに隣は三号室なの！　知ってた？」引っ越してしまう前にとても大事なことだから教えなければ、という真剣な口調で娘はいい、久美子は笑って頷いた。

三輪密人と風邪の話

隣室の住人の咳の音が大きいと思っていたら風邪をひいたので、三輪密人（82〜83年居住）は音によって風邪がうつったという錯覚を抱いた。自分から出る咳も野太くて迫力があった。

特殊な生活を送る密人も風邪をひけば他の住人と同様、気持ちまで弱った。無理して煙草を吸ってはさらに咳き込み、汚い色の痰をシンクに吐き出した。五号室の六畳と四畳半の天井に人の顔を見いだした住人はついにいなかったが、台所の天井には顔にみえる染みがあり、そう見立てたのは密人ただ一人だ。

秘密を抱えて生きていくことをまるで平気だと考えていたのが不意に恐ろしく感じられる。階段を右足左足と当たり前に駆け降りているのが、不意にゲシュタルト崩壊を起こしたみたいになって、足がすくみそうになることが誰にもあるものだ。まるで平気だと考えていたのではない、なにも考えず――右足と左足を出して階段を降りるように――秘密を引き受けたのだ。

自分はいつかノイローゼになってしまうのではないか。風邪が治っても、積み上げた荷物が気になるようになった。一箱で引き受けなくてよかったと思う。ダミーがたくさんあることで、外部だけでなく、自分自身の注意も分散される。秘密が手にとれるたった一箱だったら、自分はそれに吸い寄せられ、無視できなくなり、いつかそれを開けてしまうだろう。

だが何十箱あろうともそれが一つの塊である以上、気になる対象は「一つ」に収斂されてしまう。積み上げられた塊の四角さを、しばらくは脅えながら眺め、密人は家に寄り付かないようになった。しかし、家をあまり空けると今度は、ただ倉庫に荷を預けているのと同じになる、賊が盗み出すのも簡単だ。家にいても、家を離れても不安になった。一年近くたって依頼主の使いが荷を確認にきたとき、密人は実際にノイローゼになっていた。

黒スーツの依頼主の使いが規則正しく積み上がった段ボール群に満足げなのを、背後で虚ろに見守った。数時間後には、運送業者がすべてを運び去ることになっている。

「なにが入ってたか、知りたくないか」戯れに出たのかもしれない、黒スーツの男の質問で密人は我に返った。自分を取り戻したという感じがした。ノイローゼの鬱屈が消し飛んでしまった。男は口の端に笑みを浮かべていた。色もなく光も足りない部屋で、男のカフスボタンだけが妙に輝いてみえる。

とにかく、耳を疑った。知りたいですといったら教えてくれるつもりなのか。使いの男はともかく、依頼主自身がそんな稚気を発揮する者には到底思えなかった。なめられてる、と感じた。

「とんでもない」落ち窪んだ目で、だが平静を装いながら密人は答えた。それから腹が決まった。

一年近く、この暗い部屋でただ眠っていたような気がする。急に訪れた、大胆な心変わりに自分でも戸惑っていたが、逡巡もなかった。何食わぬ顔でこの黒スーツを打ち倒し、秘密の荷をいただこう。そしてどこまでも逃げるのだ！

四元志郎と来客の話

蒸し暑い夏の夜、奥の鉄階段に猫の置物が置かれていた。そんな風にみえた。普段は郵便受け側の階段を使うところ、奥の階段を上ってみる。

「ハナコじゃないか」帰宅した四元志郎（83～84年居住）の口からつぶやきが漏れた。近付いて行くと置物がするりと動いた。本物の猫だ。

「ハナコ」柄までハナコそっくりだ。どこかの飼い猫だろう、近付いても逃げない。買い物袋を鞄とあわせて片手で持ち直し、猫を撫でる。そのまま階段をあがったらとことこついてきた。五号室まできても足下にくっついて、見下ろせば見上げてくる。

藤岡荘はもちろんペット禁止だ。「甲は乙に、甲は乙に」と並び立てられるような決まり事は、赴任先の事業所内にもいくつも生じていて、志郎を嘆息させている。

「……どうでもいい」五号室に暮らして漏れるようになった口癖が初めて、前向きなものとして出てきた。大家との契約なんか、どうでもいい。志郎は扉を開け、猫を五号室に招じ入れた。障子をビリビリにされても、構うものか。猫は元気に玄関を飛び越え、床置きの靴べらをカタンと鳴らした。足を拭かないと、と思いながらネクタイを緩め、後に続く。ハナコが初めてきたときも蟬のうるさい夏だったな。子供が拾ってきた犬猫を抱え、びーびー泣きながら飼ってくれとせがむ。

そんなとき、なぜ親は許すのだろう。

もちろん、厳しく許さない親もいるだろう。許す親は、許すからといって犬猫を飼いたいと潜在的に思っていたわけではないはずだ。自分だってそうだ。子供がかわいいからだろうか。路地で目と目があってしまったときから、犬猫はその子供の一部のようになるのか。それとも、飼育も、生物の生死もまた「教育」と思うからか。

そして、なぜ拾ってきた子供よりも自分が、縁のなかったはずの犬猫を好きになってしまうのだろうか。

シンクの引き出しを開け、つかわないトングの脇から缶切りを取り出した。コキコキコキ、九割九分回し動かし、蓋をつけたままシーチキンの缶を開け、台所の床に置いた。猫は近付いて、少し警戒しているようだ。

電話が鳴る。うるさいベルにもなんだか慣れた。はい、はい、はい、はい。

「今さ、うちにさ……」言いかけた言葉を志郎は途中で飲み込んだ。自宅からの電話は開口一番にハナコが死んだと告げた。

思わず振り向いた。猫はいなくて、蓋のめくられたツナ缶だけがあった。

四元志郎はそのことを、どうしてか家族の誰にも言わなかった。後日、引っ越しを手伝いにきた妻に、ツナの空き缶なんかをなぜ取っておくのかと問われたが、謂れを語りはしなかった。

言葉にすると、ただのいい話になってしまうじゃないか。単身赴任に含まれる「単身」という語を志郎は思い描いた。望んだ暮らしではなかったが、この九ヶ月、まさに単身で、俺だけで俺を生きた。その証拠のようにハナコが俺だけにしてくれた、俺だけの話だ。

八屋リエと影の話

停電が起きたとき、八屋リエは恋人の晶久とベッドにいた。夜中に目が覚めて、暗いと思った。すぐにそのことをおかしいと思った。寝るときに明かりを消しているから部屋が暗いのは当たり前だ。なのに殊更に暗いと思うのは、おかしい。

いつも以上に暗いということだ。カーテンの隙間から漏れる明かりもない。

腹にのっかった晶久の腕をどけてベッドから出た。手探りで四畳半まで歩く（障子は外してある）。点けっぱなしの台所の蛍光灯も消えているから停電だろうと把握した。さて、暗闇でリエは困った。ロウソクも、懐中電灯の常備もない。台所までいこうとして膝がなにかにぶつかった。障子に激しく当たり、それから倒れた気配。何が倒れたのかは今は気にしないことにしてソロソロとさらに慎重に歩を進め、障子を開けて台所に移り冷蔵庫の扉に触れる。開けても真っ暗。そうだ。なぜ停電と分かって冷蔵庫の明かりにすがったのか。

起こさないよう気を遣っていたのに、恋人がいつまでも鼾をかいていることにリエは少しむっとしつつ、やっと光るものを手中に収める。留守番電話の子機だ。（まだナンバーディスプレイ機能はなかったものの）電話番号を表示する液晶部分が充電池で輝く。プーという待機音をかすかにさせながら光をかざしているうち閃いた。

常備がないというのは真っ赤な偽り！　そうそう、ラジオ付き懐中電灯があるんだったと思い出した。阪神大震災が起きてすぐ、実家のゴッドマザー（意味が違うことは知っているが、恋人に母親の人となりを聞かせるうち、その呼び名になっていった）が防災グッズを送って寄越したのだ。実家からの大抵の荷物はありがた迷惑で、半間の押し入れにしまいこんである。

懐中電灯で四畳半を照らした。あるはずのない野太い丸太のような影が足下に現れ、飛び退きそうになる。

「……なんだ、ヨコヤマさんか」ごろりと真っ黒く横たわるものが死体のようにみえて一瞬どきりとするが、リエの相棒だ。さっき倒したのはこれだった。

（頼むよ本当に、まったく）ペンギンのオブジェは倒れる際に四畳半と台所をつなぐ障子をやぶいていた。普段は六畳のベッド脇に立っているのだが、寝る前、恋人がはしゃいで弄び、置く位置を変えていたのを忘れていた。

懐中電灯の光に頼もしさを得て、リエは玄関から外廊下に出てみた。ここら一体、すべて停電だろうか。

そうだったらいいな。すべてが真っ暗になったら、満天の星空がみられるかも。

見上げても夜空が暗いだけだったのは、停電の規模のせいではなく、曇っていたからだ。通りを光が動く。話し声も。誰かがやはり懐中電灯を手に、停電の様子を探ろうとしているのだろう。

その声に耳を傾けるうち不意にリエは、自分が旅先にいるような心持ちになった。明かりとともに二人組の話し声が遠のいていき、今度は別の光がギリギリという音を伴って近付いてきた。自転車を漕ぐ音と、そのライトだ。隣家の洗濯物が（今日も）取り込まれずにあるが、照らしてみると、どこかの国のにぎやかな民族衣装のようにも思えた。向かいの第二藤岡荘を照らせば、一階の右側の家はシュノーケルに足ひれにウェットスーツを干していて、暗闇で照らすと黒い人間を二つ折りにしてるみたいだった。

「リエー？」間延びした声が背後から響いた。玄関に戻り、停電だね、と晶久に教える前に台所の蛍光灯が点灯した。冷蔵庫とファクシミリが同時に別種の音を立て、説明は不要になった。部屋に戻って懐中電灯を防災袋にしまい終えると、袋に向かってうやうやしく手をあわせた。ありがとう、ゴッドマザー（縁起でもない！　とマザーは怒るだろう）。

「私さあ、旅にでるよ」ベッドに腰掛けてリエはいった。旅に出たい、ではなくて断定していることに勢いづいている自分を感じながら。

「なんだよ」向こうの部屋で「ヨコヤマさん」を助け起こした晶久は、そのまま彼と肩を組む形で尋ねた。

「卒業旅行とか、別にいいって言ってたじゃんか」若者がバックパック背負って「自分探し」をする流行は過ぎ去ろうとしていたし、個性的であることをむやみに標榜（ひょうぼう）していたリエの心も成長していた。

「うん。でも、パックツアーでもなんでもいいから、行きたくなった」

「お金は？」

「引っ越してから、うんと先でもいいの」闇を抜け、外廊下に立つことで、つかの間だが、もうリエは異国にいっていたのだ。

「もうすぐ十万円貯まるしさ」実際には貯金箱に入れたのは五百円玉ばかりではなかったので、中の金額はもっと少ないだろう。もっともっと、アルバイトしなければ。

七瀬奈々とテレビの話

七瀬奈々には「テレビはほとんどみない」という自覚があったが、それは当時の人たちとの間で比較的にということであり、テレビを持っていたし、後の時代の住人よりもむしろみていた。所持していたのはフィリックス・ザ・キャットが宣伝した14インチの黒いソニーのやつだ（五十嵐五郎だったら、「ソニー独自のブラックトリニトロン管」と具体的に褒め称えたであろう機種だ）。もともと漫画やアニメの類を好きなわけでもなかったが、コマーシャルの中を身軽に動く、アニメなのに色がけばけばしくない（黒と白だけの）猫のキャラクターに魅せられ、それを選んだのだ。子供の頃、駄菓子屋で買って食べた「フィリックスくんガム」とそれが同じキャラクターだと、しばらく一致しなかった。

テレビは六畳の床の、車輪のついたハンガーかけの隙間、靴の紙箱の積まれた中に置かれ、捨てられているみたいだと置いた自分が思った。ベルリンの壁崩壊を奈々はこのテレビでみた。明かりをつけずに最初のうち正座して、途中から体育座りになった。

筆で書かれた「平成」を掲げる官房長官の姿も、やはりこのテレビでみた。その以前から輸血、輸血のニュースが続いていることも、なんとなくみていた。合計したらものすごいリットル数だ、と思ったのを覚えている。

職場の同僚には付き合いにくいと思われていた。誰もが当然のように話題にする『ねるとん』もトレンディドラマのこともほとんど通じないのだから（一度だけ、アイドル歌手だったはずの菊池桃子が悪女役を演じたドラマをみて、なんだか唖然とした）。すぐに後輩から「オバン」扱いされて、気が楽でもあったが、それでも「テレビをみない」と口に出していうときの、そんなつもりはないのに偉そうに聞こえてしまう響きは、以後も長く奈々を悩ませた。

なにかの「コード」がずれているのだ。それを楽しむためのコードを自分はそなえていない。かつて学校でいじめに遭っていた同級生にも、同じことを思った。いじめが許されるわけではないのだが、なにか理解しあえるコードを知らない人がいじめられる。誰がいじめられても、だから可哀想という気持ちと別の納得感も生じていた。

テレビ番組のことではないが、五号室に引っ越してくる前に付き合っていた（そしてフラれる）男と居酒屋でプロレスの話になったとき、「でもプロレスってヤラセなんでしょう」と発言した瞬間のことを、しばしば思い出す。

言葉を発した直後、男は自らの手で奈々の口を覆い塞いだのだ。

なんてことをいうんだ、を通り越してほとんど、その筋の者に聞かれたら消されるぞ！というような慌てぶりだった。あたふたと会計をすませ、静かな店にわざわざ移動して、奈々は男にこんこんと説かれた。プロレスにも「コード」（男は別の単語を用いたが、奈々は覚えなかった）があるのらしい。

　あの不用意な（そうであったらしい）発言のせいでフラれたのではない。男と婚約した若い女がことさらにプロレスに精通している風にもみえなかった。いや、分からないけど。五号室で夜中になにげなくつけたテレビでも、四角い「リング」の中で半裸の誰かが誰かにチョップをしていて、しばらく成り行きを見守ってもまるで分からない。コードが違うからな。オリーブに楊枝をさし、口に運ぶ。

　暗い街の暗い部屋で体育座りをしていてこの世のコードが分かるようになる道理もない。アル中じゃないよね、ないよね私、と誰にともなく呟きながらワインを空ける。

　引っ越したときから家も街も暗い、暗い、暗いとひたすら思っていたが、明け方の一瞬だけそう感じないときがある。夜が夜でなくなっていく瞬間、比較としての明るさを見いだすことができる。いつか病み上がりにヘッドホンステレオで音楽を聞いてから、外廊下でたそがれることが増えた。

「チャーチャラーチャャ、チャャッチャチャラッチャチャチャャ……」プロレス中継の始まるときの軽快な音楽は好きだ。気付けば口ずさんでいた。

「あーかーコゥナー、二百何十パウンドォー」無意味に真似をしていると、向かいの第二藤岡荘の一階のドアが開いたので、真似をやめた。

　まだ夜明け前なのに、ジャパゆきさん（と勝手にみなしている異国の女）が洗濯物を干し始めた。おむつだ。子供が抱っこされている。最近に、背中におぶうのではなくお腹に抱くのが「トレンド」らしい。しばらくみていたら、赤ん坊が泣き出した。上下に揺らしてあやしている。泣いている赤ん坊のあやし方は、世界共通か。

目があったので会釈しそうになったが、奈々は階段を降りて行くことにした。朝風呂の前にコンビニにでもいこう。

「おはようございます」会釈ではなく、通じるか分からないまま声をかけてみる。

「オハヨウゴザイマス」泣き止まない子供をみつめていたら、母親は赤ん坊の顔に指をさした。

「ネツ、アル」

「そう」奈々はおずおずと、赤ん坊に手を伸ばした。母親は頭を差し出すようにして触らせてくれた。熱がひどいのか、それほどでもないのか、奈々には分からない。

赤ん坊の頭に触った朝から、奈々は無闇に活動的になった。フランス語を習いに教室に通い、すぐに引っ越しも決めた。赤ん坊の頭を撫でたことは、引っ越す「きっかけ」ではなかった。

五号室に越してきた際、傷ついている自覚があったのだが、活発になったのは赤ん坊の生命力に触れたからとか、外国からきて頑張っているらしい女の姿にうたれてとか、自分はそういう風に感じたのではない。

引っ越しの日、立ち会いにきた不動産屋の男に風呂が漏ることを告げると、若い男は首を傾げた。

「私も、原因が分からないんですよ」

「経年劣化ですかね」男はそのことでは敷金から費用を差し引かないことを請け合ってくれた（男は奈々にみとれていたので、風呂のことを大家に報告するのを忘れた）。

経年で劣化することがあるなら、ただ経年で立ち直ることもあるよね。奈々は駅まで歩きながら次の住まいに思いを馳せる、今度は日当りがいいマンションだ。

二瓶敏雄とタクシーの話

二瓶敏雄は二度、第一藤岡荘にタクシーで乗り付けた。一度目は職場に連絡があり、文子が産気づいたと知ってのことだ。電話口の、文子の母親の声には張りがあり、若い敏雄を戒めるようでも励ますようでもあった。電話を切り、廊下まで出たら上司（後に欧風ワゴンをくれる）に呼び止められた。

「タクシー代はあるのか」そう問われるまで敏雄は電車で帰るつもりだった。乗り換えもあり、平日の昼のダイヤだから一時間はみなければと焦っていたのが恥ずかしくなった。上司は自分の札入れから一万円札を取り出して敏雄に手渡した。

「後日お返しします」敏雄は恐縮して頭を下げた。

「いいから、いってこい」二の腕のあたりを叩く上司の言葉にも張りがあった。

二人の大人の声音に、おおいに奮い立って職場を出て、大きく手を上げてタクシーを呼び止めた。子供を迎えることを、自分だけでない、人生の先達たちも肯定し応援してくれている。そのことに対し言葉にならない感動に包まれた。肯定や応援を本来享受すべき子供ではなく、自分がそれを受け止めたことを不思議にも感じた。

「どのへんですか」運転手の声で我に返る。赤信号で運転手は地図をめくってみているようだ。

「そのへん、あまりいったことないから、近くなったら案内願いますよ」

「え？」敏雄は狼狽し、後部座席で前のめりになった。いつも電車通勤だったから、自分の家までの道筋を言葉で伝えたことなどなかった。

「あるいは、目印のようなものはありますか」青信号で運転手は地図を助手席に投げて急発進し、敏雄は後部座席に背中をぶつけながら再び狼狽した。上り坂と下り坂の続くあの街はとにかく畑ばかりだ。目印などない。途中から敏雄が地図をめくり、駅の名前からなんとかかんとか道を割り出した。運転手は最後まで少しも申し訳なさそうではなかったし、お産と聞いてむしろ敏雄を叱咤した。敏雄は八屋リエのようにむっとすることはなく、またしても年長者からの張りのある声にむしろ喜びを感じ礼を述べ、釣りを受け取らずに車を降りた。

　二度目のタクシーは環太が五年生のときだ。学校で怪我をしたと聞き、やはり職場から駆けつけた。

「あの、バッティングセンターの手前で曲がります」と、今度ははっきり目印を見据え、張りのある声で指示を出した。狭い路地に入り藤岡荘がみえたとき、息子の怪我への心配の気持ちの脇で、そろそろ家を買おう、自分たちの家をと決意が固まり始めていた。引っ越したのは、それから間もなくのことだ。

五十嵐五郎と1と0の話

　五十嵐五郎（84〜85年居住）はあるとき秋葉原でハンドヘルドコンピューターを買い求めた。三月の晴れた日だった。

　これからはマルチメディアの時代だと世間はかまびすしかった。世間といっても、アマチュア無線の仲間たちだったが。キャプテンシステム実用化のニュースも聞こえていたし、仲間の多くもパソコンを導入し始めていた。かつてハムの交信相手は登山や釣りに出向くようなアウトドア派が多かったのが、メカ好きのマニアが急増していた。

　五郎はしかし、ブラウン管のモニタが室内にいくつもある光景を鈍重なものに感じた。

五号室六畳におけるオーディオと無線の配置配線は完璧で、もう動かしたくない。四畳半に置くとしても、ただパソコンの体積を確保すればいいわけではなく、パソコン用のラックを置く場所も用意しなければならない。

五郎には予測があった。若い無線仲間たちはＮＥＣか富士通か、どのメーカーのパソコンが覇権を握るかで議論を交わしていたが、どちらの時代もこない。ましてやキャプテンシステムなど偽物だ。いずれ淘汰される。電池が進化して、あらゆる家電品はポータブルになり、気軽に屋外に持ち運ばれるようになるだろう。今はまだ電卓みたいな貧弱な液晶画面しか持たないハンドヘルドマシンが、コンピューターの主流になる。

なんだかんだいってパソコン自体には興味があった五郎は、分厚いパソコン雑誌の、カラーではない白黒のページにうたれた広告を切り抜いて秋葉原まで出向いた。「ロケット」という名の通りの縦長なビルの五階で、関数電卓にさらにキーを足したような小型のパソコンと、プロッターと呼ばれる小型のプリンターも同時に購入した。狭い鉄階段をぐるぐると降り、それから銀座に移動して三越の地下で常に買い置いている緑茶も購入し、一時間以上電車に揺られて帰宅した。

初め、四畳半で小さなキーをぽちぽちと叩いていたが不意に思い立ち、椅子の背を手にして、パソコンも持って外に出た。これからは、持ち運ぶ時代だ。

日当りの悪い藤岡荘だが、外廊下の樹脂トタン越しにもよく晴れていることが分かる。

戸を開け放したまま、椅子に腰掛けて電卓のようなパソコンの電源を入れなおした。隣家か下か、あるいは向かいから洗濯機の回る音が聞こえてきて、のどかさを感じる。

　液晶の表示と非表示、１と０のセグメントが集合し、アルファベットや数字を形作る。

「xxxx basic ver1.01 16384bytes free」とギザギザの文字で表示された。膝にのせて背を丸め、しばらくの時間、雑誌に載っていたベーシック言語を入力した。

「おじさん、なにしてんの」気付けば、知らない子供らに覗き込まれていた。

「なにをしてるのか」おうむ返しみたいに五郎は顔をあげた。藤岡荘のどこかに暮らす兄弟だろうか。今日は平日ではなかったか。不思議そうな子供たちの顔をみておかしくなる。パソコンをいじってたんだと答えようとして、言葉が止まったのだった。

「なに」を「してるのか」いつだって、返答のしにくい人生だ。これがもしキーボードとモニターのある、パソコンらしいパソコンだったらまだ「パソコンをいじっていた」と答えることができるのに。「嘘だあ」と声があがって説明を諦めてしまう展開が容易に想像できた。

「なんだと思う？」兄らしい子供に手渡してみる。子供の指に触れて、それが思ったより熱いことに驚く。

　まただ。自分は拗ね者のように、気付けば、みただけでは説明のつかないものを選んでいる。なぜ実家を離れるのか、なぜ結婚をしないのか、三十をすぎて、なぜちゃんとした仕事につかないのか。親にも親戚にもいわれる。

まるで働かないわけでも、実家と連絡を取り合わないわけでもないからアウトローとも呼ばれない。独身貴族でもヒッピー崩れでもない。親戚は「得体のしれない」「変な人」と思っている。

名称が、ない。三輪密人が「暗さ」に名を付けられず「ノイローゼ」と思ったように、五郎もまた「オタク」や「フリーター」といった「定義の言葉」が生まれる未来を知らずに、子供の前でただあいまいに微笑(ほほえ)んでみせた。子供は驚き、弟も含めて興味しんしんで機械をいじり始めたが、五郎はのびをして、樹脂トタン越しの陽光をみつめた。今から水筒にお茶をいれ、花見にでもいこうか。子供を誘ったらおおいに不審がられるだろうな。

言語に過剰に護(まも)られていく未来のことは予期できなかった五郎が予言した「電池でコンピューターを持ち運ぶ未来」は、これはまったくもって当たっていた。だが、そうなっても年をとってそれなりに悠々自適の五郎はほうらみろ、とは思わなかったどころか、自分がある春の午後にそんな画期的な予言をしたことさえ忘れていた。のちに、五郎とほぼ同年生まれの諸木十三（12〜16年居住）が同じ玄関前に立ち、スマートフォンでホームセンターへの地図を呼び出しているころ、ハンドヘルドという言葉はなくなっていた。五郎が吟味を重ねて買い求めた小さなパソコンは、引っ越しの際に向かいの第二藤岡荘に住んでいた野球帽の少年に与えられた。

六原豊子と嘘の話

六原豊子（85〜88年居住）は通院のたびごとに睦郎に介添えされるのが嫌だった。「一人でいけます」と伝えても、睦郎は許さなかった。その過剰な心配ぶりが真情に基づいていることは分かっていたが、重荷だったし、大げさだとも思った。

大げさと思うことは、自分の病気を大したことがないとみなしていることを意味しなかった。慢性的なだるさを感じて体が重い。手術後の再検査のあと、もう一度詳しい検査のために入院することになった。即入院でなくしばらくは自宅療養で週に二度、通院を命じられていた。

藤岡荘を出て右にいくと数分で、セブン‐イレブンと公衆電話がある。左に曲がって坂をくだると、線路をまたぐ細い橋があって、その向こうはもう病院だ。本来は駅から公園の脇を通れば大病院の正門なのだが、睦郎たちはこの裏から回る道から通院した。「こっちの道がすいている」と睦郎は利点を強調したが、別に駅前がごった返しているわけでなし、裏道からただ巨大な四角い建物を巻いて、日陰に包まれて歩き続けるのは陰気だ。だが、家のことを良くしようと腐心するのを放任するのと同様に、彼の選択をここでも豊子は尊重した。一時退院してから、夫のことを「彼」と豊子は思うようになっていた。

徊の人生に利点をみつけることが目的であり、生き甲斐なのだ。

　では「私」の人生はなんだろう。退院しても豊子がすることは何も変わらなかった。再入院までの間、体調は悪くなっていたのに豊子は家事を怠らなかった。ミシン掛けだけが、座ってできるせいか、体調にもしっくりとあった。かつて仕事で腕をふるったアイロンかけもミシンも、「一点」のことだ。彼は広い家に越したいと願っていたが、私はもっと小さい家でもよいくらいだ。小舟のような場所で暮らして、この世のただ一点――ミシンの針や、アイロンの三角の面――に向き合えれば私はそれでいい。それで、睦郎がしたいのと同じようにこの世は良くなったと思えるのだから。マザーグースの絵本に出てくる糸つむぎのおばあさんが、ページをめくればいつでも調子にのせて同じことをしているように。雑巾は縫われ、シャツは皺をなくす。

　結果として最後の通院になった道の途中で、睦郎は診察券の入った鞄を家に忘れたことに気付いた。睦郎は自分の失態に強く狼狽した。取りに戻る間に豊子を立たせたままにしても、ともに引き返しても、余計な疲れを生じさせてしまう。

「大丈夫です」豊子は励ました。

「あそこで涼んでます」角地で二面ガラス張りのセブン‐イレブンに入って、睦郎を待つことにした。コンビニエンスストアに入店するのは、豊子には生まれて初めてのことだった。自動ドアが開くと、豊子がこれまで聞いたことのない不思議なチャイムが鳴った。

豊子は店内をゆっくりと移動した。スーパーマーケットでも売られているさまざまな商品との価格差を丹念に見比べて行った。洗剤も菓子もスーパーの方が安い。ニッカボッカの日焼けした若者が壁際で雑誌を立ち読みしている。その雑誌が並ぶ棚の向こう、道の様子がよくみえる。誰かが公衆電話に入って、出て行った。睦郎はなかなかやってこない。

豊子は病院の売店で買おうと思っていた週刊誌をそこで買い求め、店を出た。また、これまで聞いたことがないチャイムが豊子を見送った。

家までの道を戻り、鉄階段を上る。豊子の足音は常よりさらに小さくなっていたから、睦郎は気付かなかった。網戸ごしに木枠の窓が開いており、暗い室内の様子がうかがえた。玄関の間と台所のドアも開けっ放しで、睦郎はシンクの前に立っているようだ。

シルエットをみただけで、彼が泣いていることが豊子には分かった。

豊子はしばらく網戸越しに彼をみつめた。やれやれというような安堵のような気持ちで、彼のために呼び鈴を鳴らしてあげ、少しの間をおいてドアを開けた。

睦郎は水道のレバーを大きく開けて、顔をざぶざぶと洗っていた。

「すまない」鞄を探すのに手間取って、とかなんとか言い訳をする睦郎を遮って

「水不足！」豊子はぴしゃりと言い放ち、流しっぱなしの水道のレバーを上げた。五号室に越してきたときからずっと貼られているシールの文言で、普段は睦郎お気に入りのフレーズだ。顔から水をぽたぽた垂らしながら、睦郎は豊子の笑みを不思議そうに眺めた。

十畑保と風呂の話

日曜日の午後、十畑保（99〜03年居住）はランニングシャツ姿で洗濯機の前に立っていた。風呂の残り湯をポンプでくみ上げ洗濯機に移し替える器具を見張る必要があったのだ。先週はホースが水圧で動いて、床を水浸しにしたから。

全自動洗濯機に流れこむ風呂水は黄色く、大丈夫かこれと訝しんだ。前夜の入浴時に固形の発泡入浴剤を使ったのだ。大丈夫大丈夫。自宅からの電話は請け合っていたが、（あなたの着る服なら色がついても別に）という軽んじがありはしなかったか。ラムネを巨大にしたような入浴剤を入れるときは、少しワクワクする。そして風呂に浸かっていると、気持ちよいのかどうか、効果があるのかどうかもよく分からない。固形の発泡入浴剤のコマーシャルに出てくるくたびれた中年そのものだ、と自分のことはしばしば思う。

残り湯は無事に洗濯機に入ったので、洗剤をすくって入れて蓋をした。

久々の晴れ間だ。さっきも隣家の洗濯機の音で保は目覚めた。右隣の四号室（だと保は思っている）は一足先に干していることだろう。左の六号室は医者であるらしい若者（といってももう三十代と見受ける）。右はアジアか中近東からの出稼ぎの夫婦だ。最近、赤ん坊が生まれた。父親とおぼしき男を何度か鉄階段や門の外でみかけた。やはり中東系の顔立ちで、だがタオルを頭に職人風に巻く姿が堂にいっている。携帯電話にとても流暢な日本語で「親方、ダメですよ」と呼びかけていた。

赤ん坊の夜泣きで目を覚ますことも多くなった。遠い異国での子育てはさぞかし大変だろう。一度、仕事の資料をノートパソコンで作成していたら、キーを叩く音さえ隣室に響いたか夜泣きが始まり、保は指をすぼめて恐縮してしまった。自分が我が子のおむつを替えるのに難儀していたころを思い出して、懐かしくもなったし、か弱い子供に対しわずかでも自分が配慮できることが生じたことで、ささやかだが充実した気持ちになった。

洗濯機がブザーを鳴らして止まった。プラスチックの大きなたらいに洗濯物を移し、外廊下に出る。

四号室の手すりと、樹脂製トタンの真下に渡された物干し竿には、すでに色とりどりの布がかけられていた。だが、自分のところの竿にも見慣れぬものが干されていて、保は目をしばたたいた。

おむつだ。

干す場所が足りなかったとみえる。五号室の物干しも勝手に使われたのだ。

「図々しいなあ」保は苦笑いをした。俺も、住んでいるのになあ。やれやれと手すりから向かいをみて、保はあっと声をあげた。

もう第二藤岡荘も全室、住んでいるのは彼ら異国の者だ。どの家の物干しも、色とりどりの布がはためいている。

笑いが止まった。恐れのような、敬虔なような気持ちに支配された。夜泣きする異国人の赤ん坊の声を壁越しに、彼らをけなげな弱者として慈しんでいたつもりが、いつの間にか孤立しているのは俺だったか。保は異国に置き去りにされているような錯覚を抱き、助けを求めるように左をみると、医者の家だけキャラクターのTシャツが干しっぱなしだった。

引っ越しの日。手伝いにきてくれた部下の青木が、もはや我が物顔で五号室前に干されるようになっていた四号室の洗濯物を取り込もうとするのを、保はあわてて止めた。

「さわらんとき」赤ん坊の産着だ。

アリー・ダヴァーズダと引っ越しの話

アリー・ダヴァーズダ（09～12年居住）はコンロの白いガスホースを何を思うこともなく取り外した。コンロは脂ぎったままだが、このまま運んでもらうしかあるまい。引き出しのフォーク、ナイフ類を取り出してビニール袋にまとめ、段ボールに移す。フォークとナイフを入れていたプラスチックの仕切りを持っていくか迷い、取り出した。汚れているが持っていくことにする。その奥の方に蛇口をみつけた。初めて気付いた。

「ダヴァさん、もう業者のトラックきてるぞ」戸惑うダヴァーズダを、段ボール箱を抱えた大迫センパイがせっついた。前日までに荷造りを終えるはずが夜通し酒盛りになってしまったのは大迫センパイのせいなのに、まるで悪びれない。

「あ、それは剝がさない方がいいよな、この家の護符みたいだもん」振り向くと、おなじみのステッカーがみえる。剝がすつもりはなかった。

「ゴフ」水不足のステッカーはダヴァーズダだけでない、よく寝泊まりした大迫センパイにも既に見慣れたものになっていた。蛇口を大迫センパイにみせるか迷って、引き出しに戻す。「原状に戻す」意識からのことでなく、これも家を護るなにかのように置いておこうと思ったのだ。

　引っ越し業者の若者たちは荷造りが終わっていないことにも慣れた顔で、しかし不機嫌そうに家具に手をかけ始めた。感傷に浸る時間もなく、ダヴァーズダは荷物を投げる勢いで梱包していく。

　これはどうしようかと思案したのは、和式トイレの手洗いのタンクに置かれた洗浄剤の容器だ。大迫センパイが小便をしながら何度か、コマーシャルソングを口ずさんでいた。どれだけ長く置かれていたのか、乾涸(ひか)らびたような色になっている。すごく昔のものだ。先代の住人より、もっとずっと前の人のに違いない。

「五号室の記念に」ダヴァーズダは六原睦郎がホームセンターで買い求めた洗浄剤の容器を捨てずに荷物に詰め、五号室を出て帰国した。

誰かが次に住むということは、前の人は出て行ったということだ。このように五号室に全員がやってきて、去った。

諸木十三だけがそれに当たらなかった。

最終話　簡単に懐かしい

ガスの開栓作業のために人がやってきて、諸木十三（12〜16年居住）は荷解きを中断した。

「大丈夫のようですね」検査を終えたガス会社の若者は礼儀正しくお辞儀をして、新しいガス機器のカタログを置いていった。めくると最先端の床暖房まで記載されているが、この室に必要とは思えない。彼がしていったこともシャボンのあぶくを元栓につけるおなじみの検査だ。今でもまだその（なんだか古くさい）やり方なのだな、十三は懐かしく思った。

　荷解きの続きは後にすることにして夕食の支度に取りかかった。引っ越し初日に炊事ができるよう、調理器具類を一箱に分けてあったし、あらかじめ駅前で食材も買ってきていた。

ゴッゴッと野太い（謎の）音を立てる水道をしばらく流しっぱなしにして、無洗米を、そうはいっても軽くといだ。炊飯ジャーを四畳半の畳に置き、釜をかがんでセットした。ガスコンロの着火を確認すると、よく手入れされた銅の卵焼き器を取り出す。十三の長い愛用品だ。三缶セット売りのシーチキンも、買い物袋ではなく段ボール箱から取り出してから、しまったと——大げさと思いつつも——天を仰ぐ。缶切り不要のタイプだが、こじいれた爪が割れそうで怖いので、いつもはナイフを差し込んでテコの要領で開ける。そのナイフを「初日」の荷に入れ忘れていた。開梱用のカッターナイフの刃をなんとか代用してこじあけ、刻んだオクラと和える。卵焼きを作り、みそ汁はインスタントにした。四畳半の天井に裸電球をつけ、真下にちゃぶ台を置いた。この配置は仮で、五号室の古めかしい——今となっては変な——間取りをどう使うか、まだ十三は決めていなかった。炊飯ジャーを床置きしたのは昔のおひつの時代を思わせるが、やはり棚に収めたい。「いただきます」明日はホームセンターに行こう。障子に開けられた穴をみながら、十三は算段を練った。スマートフォンで検索すれば、最寄りによい店がみつかるだろう。

　ホームセンターが思った以上の至近にあることをみつけて喜んだ十三だったが、歩き出してみてすぐに疲弊した。坂の多い街と知ってはいたものの、駅を過ぎて北へ伸びる上り坂がきつく、途中のハンバーガー屋に入店してしまった。この街で活動的に生きていくなら、脚力をつけなおさなければいけない。十三はハイヤーの（かつてはタクシーの）運転手だが、ここに引っ越す前に自分自身の車は売り、ハイヤー派遣会社にも電車で通勤していた。

　まだ出来たばかりらしい店に入ると、客はおじいさんばかりだった。飲食店でも銀行でも午前中にはよくみかける光景だ。若い店員と会話をしたがる同類と思われたくなく、テイクアウトにして、公園に向かってみた。やや湿ったベンチに腰をかけ、一個だけ買ったハンバーガーを食べ、コーラをすすった。未就学の子供を遊ばせる親と、通り抜けていく人といる。通り抜けるのは傍らの病院に向かう人らしい。十三も、血圧の薬を朝晩のんでいる。前の病院でもらった分がなくなったら、ここの病院にいくことにするかもしれない。

　坂を上って左に折れてからのホームセンターへの道は、本当にこれであっているのかと不安になった。左手の巨大な建物の壁は——それこそが目指すホームセンター自体であるのだが——大きな影を作り、ずっと城に入れずにいるカフカの小説の主人公をつかの間思わせた。

　ホームセンターの中はうって変わって明るい世界だ。レジの店員に売り場を尋ね、薄くて白い使い捨てのゴム手袋の十組入りパックと木ねじとL字型フックと、障子紙と糊を買い求めた。おなじみの刷毛も買うつもりが、刷毛いらずで塗ることのできる障子専用のチューブのりが販売されていたのだ。

入口近くの目立つ位置で暖房器具のフェアが行われている。エアコンの暖房は喉によくない。なにか考えなければ。

帰路、雨がふった。丸めた障子紙を縦にもち、かばうようにして小走りになる。藤岡荘の門から出てくる男とすれ違う。スウェットのフードをかぶった、ジョギング中といった風貌の男だ。たしか第一藤岡荘には十三しか住人はいないと聞いていたから、チラシ配りか、第二藤岡荘の住人だろうか。顔をよくみなかった。会釈をしそびれたと十三は思った。

藤岡荘の鉄階段を上るところで雨は勢いを増した。さほど濡れなかったと思ったが、荷の中のバスタオルを取り出しているときにくしゃみが出た。

体を拭き、六畳間の端に畳んだ布団を敷き直す。枕は硬めのそば殻にタオルを巻いている。ここに越してくる前に低反発素材の枕を買ってみたが、十三にはあわなかった。留守番電話の点滅をみて、返事を入れる。

「風邪のひきかけで……いえ、大丈夫です、はい、休みます」定年退職が近くなっても十三をわざわざ指名してくる得意先がいくつかある。バブルの時に抱えた借金がなければ、庭付き一戸建て暮らしとまではいわないものの、ゆとりのある後半生のはずだった。

数年前にその借金も返し終えて、さっぱりした気持ちだ。人生を回り道したとか失敗したというような忸怩（じくじ）たる思いはまるでない。

がらんとした安普請のアパートの、全室空いているのに角部屋でなく真ん中の五号室を選んだのには理由がある。それどころでない、この街の、第一藤岡荘の五号室をこそ選んだのだ。

横になり、雨だれを聞いて目を閉じる。雨が樋をつたいきれずこぼれ落ちる音がする。十三は不安を抱く。あれは建物のどこかを悪くする音だ。

三十年近く前の、同じ季節の同じように雨の降る深夜のこと。無線で指示された住所に向かい、十三はこのアパートの前で客を乗せた。鉄階段を降りてくる二人組の風体は、庶民の暮らすアパートの佇まいとは不釣り合いだった。乗り込んできた瞬間からカタギではない者たちだと感じ、十三はハンドルを小さく握り直した。夜なのに黒眼鏡の男と、彼が乗り込み終えるまで傘をかざしつづけた若い男。若い方はわずかな身のこなしにも殺気が漂っている。十三はわざと、ラジオを能天気なおしゃべりをしている局にあわせ直して発進した。

「ソビエトの連中が追っている……」「十億円出してもと打診がきている、と……」「いや、二十億だ」「みつからないとすると、住んでいた者が持って逃げたとしか」「あいつが？」「なにしろ、簡単に持ち運べる大きさだ……」ワイパーの揺れる音の合間に漏れ聞こえる会話の、ドラマじみた大仰さに説得力を感じたのは、男たちの体からうっすら血の気配がしたからだ。過去にも物騒な客を乗せたことがあるが、彼らは今さっきそこで人一人殺してきたような殺気を漂わせている。

「本当に、あの男がやったんでしょうか」若者に語気を強めた。

「そうとしか考えられまい」黒眼鏡の男はなにか小さな、ボタンのようなものをかざしてみせた。

「あいつのカフスだ。さっきの部屋にわざわざ置いていったということは……」

雨脚が強くなるとしばらく二人は黙りこみ、ラジオのディスクジョッキーのにぎやかな言葉が雨音にまぎれながら響く。高速に入り加速を始め、ウィンドウを叩く雨粒が勢いを増したころ、黒眼鏡の方が不意に口を開いた。

「ひょっとしたら、あいつはあそこに隠したまま部屋を出たのかも……」

「あそこ、といいますと？」若者に対し
「さっきの、五号室に」黒眼鏡の男は窓外の月をみあげるようにして続けた。雨だし、月など出ていなかった。サングラスはかっこつけでなく、目がみえないのかもしれないと十三は感じた。そして、いっけん落ち着いているようにみえる黒眼鏡の男が、本当にはひどく業腹であることも伝わってきた。

雷の音に目を覚ました。雨だれの激しい音に十三は聞き入った。汗だくだ。立ち上がり、お湯を沸かしに台所に立った。

（ここに、それは、あるのかもしれない）三十年近く前の断片的な会話だけで、なんだか正体の分からない二十億円をあてにして、ここを終の住処と決めたわけでは、もちろんない。

　だからといってただの酔狂というつもりもなかった。お茶をいれ、ビスケットの細長い箱を開封した。（ないかもしれないが、あるのかもしれない）そんなことを思うことができる。不動産屋でもらった間取り図つきのコピーには「風呂・トイレ別」「駅徒歩五分」「室内洗濯機置き場あり」と併記されてあった。そういった好条件の一つのような事柄ではないか。「日当り良好」「オートロック」そして「謎あり」……。

　タクシーの運転手風情が聞き耳を立てていることなどまるで気にしていない風だったが、あのとき目的地に着く頃に黒眼鏡の男は「諸木さん」と言った。

「たけしは、面白い若者だなあ」

「え？」

「ビートたけし、俺も好きだ」あ、ラジオの声か。十三は唾を飲み込んだ。雑談のようで、諸木という名を覚えたと知らせることで他言無用を牽制された気がして、底知れぬ恐れと多大な興味と、両方が倍加した。あれから三十年。暗い台所で十三はまたくしゃみをした。ティッシュペーパーの入った段ボール箱はまだ開梱していなかった。代用でトイレットペーパーを巻き取って鼻をかんだ。

　暖房器具を思案しつづけた十三だが、試しに部屋のエアコンの暖房を使ってみてブレーナーを落とした。

何年前のものか、経年で黄ばんだリモコンをみつめる。やはりガスストーブを買おう。薄暗い静かな六畳間で十三は決めた。震災を経て、電力エネルギー全般への信頼が薄れていたことも追い打ちをかけた。

壁にガス栓を増設する許可をもらうべく大家に電話をかけると、男が声をあげた。

「ああ、五号室の」男は部屋にきたいと言いだした。

「みにいって、いいですかね」こちらが許諾を求めているのにおかしいのは、なんだか向こうが低姿勢だということだ。

「どうもどうも、すみませんねえ」翌日もなぜか謝りながらやってきた大家は、十三と同世代か、やや上くらいの風貌だった。

「諸木さん、なんで角部屋にしなかったのよ、どこに住んでもいいのにさ」

「実際、住んでもらえて助かってるんですけどね、取り壊す費用もなくて、大工さんも建材も今は皆、被災地にいっちゃってるし、でもずっと無人だと変な浮浪者に入り込まれちゃうかもしれないから」

「三方障子の間取りってね、今じゃ考えられないよね、当時は四人家族で暮らせるってふれこみで、繁盛したんですよ、ああ障子、これ張り直したの？　うまいですねえ」

「蛇口とかすっかり取り替えてあって。床も割と新しくてね、まだまだ住めますよね」大家らしくない言葉が次々と出てくる。

「あの、ここに暖房をつけたくて」四畳半の壁の隅を指差しても大家は天井や障子ばかり眺め回して嬉しそうだ。

「昔ね、俺ね、ここに住んでたんですよ」男は笑い、十三は種明かしをされたような気持ちになった。先代が急に亡くなってこのへんの大家を最近引き継いだばかりなのだそうだ。

「もうね、五十年近く前だよ。俺は大学に通っててね、懐かしいなあ」催促されていないが、六畳もみせなければいけない気がだんだんしてきた。すでに開閉のコツをつかんでいる障子をすっと開く。

「うわあ」大家は六畳間に入室しながら声を漏らした。

「ああ、これワンセグですか。結局、地デジの工事しなかったもんで、すみません。でも、俺もポータブルでしたよ、そこに文机を置いてその上にね、映りは悪かったけど。ワンセグ映りますか？」十三は首を横に振った。

「俺はここじゃもう、麻雀ばかりで」十三の布団は押し入れの脇に畳んであったし下着も散らばっていない。それでも気まずさを覚える。L字フックをいくつも打ち込みハンガーをかけ、書棚もドリルで木ねじをうちこんで固定してしまっていたから。大家はだがまるで咎（とが）めることなく、ひたすら自分が住んでいたころの回想に浸っていた。十三は台所に移動し、急須を逆さにして手でぱんと叩いた。来客に二番煎じはお出しできない。流しの三角コーナーに茶葉を捨て、湯を沸かしている間も大家の回想は止まらない。台所から障子越しに大家の影をみた。

「どの家も窓を開けていて、どの家も大相撲中継を聞いていて、大鵬が勝つと歓声も筒抜けだったんだ、でも俺は……」感嘆の声を発し続ける男が暮らしていたころを想像してみる。巨人大鵬卵焼きの世代ということなら、やはり自分と同じくらいの年齢だろうか。

やかんを見張るガスコンロ脇まで大家は障子を開けて近づいてきて、自費でどこに開栓しても別に構わないが、シンクから二股に出ている元栓を使うといい、ガス湯沸かし器のためのものだろうが、ストーブに使ってまずいということはおそらくないし、その方が安いだろうと言った。

だした茶を飲み終えると大家は、玄関で靴をつっかけてから振り向いた。

「ていうか、俺もここで石油ストーブ使っちゃってたんだ。でも、諸木さん」名を呼ばれ、十三は目をあわせた。

「火事には本当、くれぐれも気をつけてくださいよ」大家にあるまじき発言を散々続けていたのに急に、大家らしい言葉を言い添えた。

「俺も親父にはそればかりうるさく言われて」ね、分かるでしょう、と同意を促すような笑みをみせ、去っていった。軽快な靴音を鉄階段に響かせながら。大家が去ると、人一人が去った以上の静けさが訪れた。なるほど、台所の壁にはガス湯沸かし器のための板が打ち付けてある。誰か天ぷらでも失敗したか、壁に黒こげがわずかに残っている。

そういえば、わずか五室のモルタル二階建てに不似合いなくらい、この建物は火災のための設備が厳重だ。向かいの第二藤岡荘に設置された、作動するかどうか分からない火災報知制御装置の、しかしランプは闇の中で今なお赤く灯っている。どうやら亡くなったようだが、この家を建てた者のおよそ五十年越しの願いが今も消えずに残っているかのようで、そのことは二代目の言葉にもわずかな重みを与えた。浮浪者を入り込ませぬためという言葉も得たことで、自分が真ん中の部屋に暮らすことにまた別の意義が生じた気もした。


大家のアドバイス通りに台所のガス栓からホースをのばし、十三はガスファンヒーターを四畳半に設置した。六畳と四畳半をつなぐ障子の半分は常に開け放たれ、二間の暖房を一台でまかなった。買い求めたばかりの新品は高性能で十分すぎるほど暖かかったが、昔のガスストーブが良かったと落胆も抱いた。ファンヒーターは、上で餅を焼けない。

十三は自分のために年越し蕎麦を茹で、餅を焼いた。感度の悪いワンセグのテレビを紅白歌合戦にあわせた。普段、実車中に客のためにつけるラジオ以外では音楽も聴かないし歌番組もみないので、出てくるほとんどの歌手が分からない。

「紅白もつまらなくなった」と言われてからもう三十年かそれくらい経つ気がする。最近の紅白はつまらない。かつてよくこぼしていたのは妻で、昭和何年の放送からそれを言い出したかはさすがに心に留めなかったが、何年かするうち（毎年同じこと言ってるな）と思うようになり、十年くらい経ったころには、それはもう「最近の」紅白がつまらないのではないね、と思っていて、でも言わずにいた。つまらなさが底をうった年はあったのだろうか。

かつて妻と長く暮らした家は賃貸だったがこれほど狭いものではなかった。雨だれの音も響くことのない鉄筋だった。だから五号室のどこにいてどこをみようとも、妻と過ごした記憶を呼び覚まされることは少ない。だが大晦日は別だ。

妻はよくテレビをみる女だった。十三の仕事は勤務シフトが不規則だったので、帰りは朝になることも深夜になることもあったが、放送休止時間でない限りいつだって玄関までテレビの音が聞こえてきた。

いったい妻は、なにをみていたんだろう。いつ帰宅しても、ずっとテレビをみていたのだが、知らない。番組名に限らず、お互いに、あまり名詞を言い合わなかった。「醤油とって」ではなくて「それとって」だ。

十五年前の大晦日も勤務があり、夜十時に帰宅するとテレビの音がしなかった。寝室のドアを開けると妻が早寝していた。自分が戸を開けたことでもたらした廊下の明かりが妻の布団の半分ほどまで差し込んだ。

十三は画期的に感じた。大晦日は夜更かしをするという慣習に、なにも別に従わなくていいのだ。コンビニエンスストアが煌々と明かりを灯し、西友もジャスコも元日から営業している。もう、国民皆が同じテレビ番組をみて話題にする時代ではないだろう。妻が急に旧弊な殻を破って——ただ大晦日に早寝していたというだけで——進化したような錯覚を抱いた。この頃、寝室を分けていたから、寝ている妻をみること自体久しぶりだった。物音で起こさぬようそっと戸を閉めた。

妻は元日になってもずっと起きてこなかった。救急車を呼んだが既にクモ膜下出血で亡くなっていた。帰宅したときには布団がわずかに上下していたことで判断を誤った。あのときすぐに病院に連れて行くべきだったのだ。

そのことをこの五号室で、後悔の念なしにただ思い出すことができたということに十三は驚いた。何年もの間、悲嘆にくれた。大晦日は率先して仕事を入れるようにしたし、外で過ごした。

仕事が十三を生きながらえさせた。さまざまな客を乗せて走ること自体に充実を覚え、タクシーの運転手からハイヤー業務となってからは、何人かの尊敬できる客を、彼らの重要な仕事の舞台へと送り届けることが誇りとなっていた。ほどなく定年だが、それから先もずっと運転をしたいと思っていた。乗っていたボルボは売り払ったものの、今はレンタルやカーシェアリングという手軽な仕組みもある。好きな車はあるが、昨今のハイブリッド車でも別に構わない。自分が一番好きなのは「運転」だ。

住む家に頓着もない、街にしても同じだ、栄えているだとか固有の文化が根付いているとか、反対に寂れているとか殺伐としているといったような、正負あらゆる「印象」の薄い無味乾燥なこの地の、そこを長所と受け取った。

そういえば、あのとき俺は妻の態度を画期的なことと感じたのだな。二〇一二年の年末に十三は年越し蕎麦をすすり、餅を食べ――つまりまるで画期的ではない、むしろ慣習通りの食事をとっている。今、世間にとってもう、年末年始などただの連休のようだのに。世間は画期的には切り替わらない。徐々になのか段階的になのか、とにかく「気付けば移り変わっている」。移り変わった瞬間には立ち会えない（画期的だ、と立ち会ったつもりになったのは間違いで、妻が死んでた）。立ち会わないなあという実感の深まることが老いということかもしれない。

テレビ画面の中の歌手も彼らの音楽も、もちろん昔と今とで大きく「違う」はずだ。だが、十三にはそれはまるで変わったようにみえない。きゃりーぱみゅぱみゅも沢田研二も、そのときの若者はそのときのけれんに満ちた衣装を着るし、彼らに対する歓声も同じように「キャー」だ。十三に分かるのは、演歌歌手がポマードを使わなくなったことくらい（演歌歌手は歌う曲目さえ昔と同じ）。

しかし、やはり昔の若者の歌と今のそれは違う。明らかに移り変わっているであろうことがそうと感じられないのもまた、老いだと感じる。

老いとは老いを自覚していくことだ。風邪をひいたと気付いたことで症状が暴れだすあの感じと似て、自覚したことで具体的に老いていく。

十三は五号室の暮らし全般において、そんな寂しい自覚にばかり取り巻かれたわけではない。すでに週に二日程度に仕事を減らしており、住まいのボロさとは裏腹に「悠々自適」だ。いつかタクシーの車内で聞いた黒眼鏡たちの意味ありげなやり取りを、ここに暮らす上ではまったく意識しなかった。天井裏を探ったり畳をはいで、なにかの痕跡を探す真似もせずに過ごした。

フィリップ・マーロウのように夜は一人でチェスをして寝る暮らしに憧れてもいて、つまりまるで寂しくない。男性向け週刊誌で「死ぬまでSEX」と煽ってくる中吊り広告の見出しも、やせ我慢でなく鼻で笑うことができた。

大晦日という日付が、様々なことを想起させただけだ。紅白歌合戦が終わり『ゆく年くる年』が始まったところで涙を指で拭い、流しに食器を運ぶ。

かつて妻と過ごした家は五号室全体よりも広かったが、彼女が最後に寝ていた部屋はこと似た広さだ。

死ぬなら俺も同じように死にたい。餅を喉につまらせないよう二つに切っている——そしてその用心を年寄り臭いと自嘲もしている——くせに、死ぬことを構わないと感じてもいた。

かつての先輩の奥さんは洗面台で顔を洗おうと頭をさげた格好で死んでいたという。死ぬならそんなふうに、突然動作が止まるように死ねたらいい。布団の上で静かに死ねるのも、今思えばいい方の死に方だ。妻の場合は早すぎではあったものの。

食器を洗い終えて六畳にもどり、ハンガーにかけた制服をみあげる。寝て起きたら、革靴を磨こう。


身なりに気をつかうのは仕事柄のことでもあるが、十三は靴磨きが好きだった。

定年間際の春の日にも「玄関の間」に新聞紙を広げ、十三は床にあぐらをかいた。シューキーパーを外し、手に靴を履いた状態で布を滑らせる。障子張りと異なり動画を参照する必要はない。顔をあげてふと思いつく。この柱にフックをつけて、ここに靴べらをかけられるようにしたらどうだろう。

外窓の、網戸の処置もやり直したい。年のせいだろうか、蚊に刺されにくくなってきた気がするので、優先順位の高い事案ではなかったが、十三は可能な限りこの家を「良く」したいと思った。ホームセンターも馴染みになっていた。

外廊下の手すりは手で触れるとぱりぱりと塗装がはがれ落ち、あちこちサビがみえる。コンクリの床面のヒビも鉄階段も、見下ろせば常にある水たまりまで、すべてが古ぼけて寂れていた。

家は住まなければそれだけで朽ちるという。ど真ん中の五号室から、負の気配を跳ね返さなければいけない気がした。

靴磨きを終えてトイレにこもっていると、小さな窓の外を人影が動き、ほどなく呼び鈴がなった。

「はーい、お待ちください」トイレットペーパーをあわてて手繰る。驚いたが、向こうでもうわ、と驚く声が続いた。

「あ、すみません！」窓越しの声が動揺しているのが伝わってくる。その後もなにか説明の言葉を続けたようだがトイレを流す水勢の強い音で遮られた。

郵便配達が立っていた。

「これ、雨でかなり消されてましてね」差し出された封筒を十三は怪訝な顔で受け取った。本一冊程度の厚みの封書の、宛名は万年筆で描かれたものだろうか、「第一藤岡荘五号室」の先がかすれて読めなくなっている。昨日おとといと雨だったっけと天気を思い出そうとして、十三の眉間に皺が寄った。

五号室とまではたしかに記されているものの、これは自分宛ではないのではないか。開封せずに外廊下にまで出たが、郵便配達はとっくに階段を駆け下り、カブのエンジン音だけ響かせて姿はみえなくなっていた。

室内に戻り、常に下駄箱に置かれた老眼鏡をかけて眺める。裏返すとやはりかすれたインクで「陰気な五号室が懐かしいです」と記されている。追伸だろうか。懐かしがっているのだから、やはり自分宛ではなさそうだ。

十三は開封しそうになって思いとどまった。送り主の住所と氏名は書かれていないものの、他人宛だ、郵便局に持っていくべきではないか。

翌朝、歯を磨いている途中で十三の目は見開かれた。昨日のあれは、かつて黒眼鏡の男が探していた二十億の荷ではないか。口をゆすぎ玄関の間まで駆けるように向かう。玄関脇の柱に（外出時に忘れぬよう）立てかけてあった封筒を手に取り、普段なら鋏を使うところ、そのまま指で開封してしまった。

出てきたのはビデオテープとメモだ。

VHSのビデオテープは薄いプラスチックのケースに入っている。手に持つと、妻と暮らした昔を思い出させた。かつての家で、テレビ台の下が黒かったのはぎっしりとテープが詰まっていたからだ。引っ越し前にビデオデッキごと捨ててしまったから、映像を観ることはできない。

添えられたメモには［あのとき盛り上がった映画を送ります、どうぞお元気で］とだけ、かすれていない万年筆で記されており、ここにも差出人の名前はない。これも本文でなく追伸みたいだ。

十三は想像した。かつてここに暮らしていた誰かは、友と映画について語り合っていた。

映画狂だろうか。いや、これだけではなにも分からない。

とにかく、ここに暮らしていた誰かは、その友人から、今なおあいつは五号室に住み続けている、そう思われた……。

そうではない気もする。むしろ、うそくさい。また老眼鏡を手にとる。貼られた切手は今のものだし消印もおとといの日付だ。それなのに、はるか過去から未来に向けて投函されたものに錯覚されるのは、ビデオテープの古臭さゆえか。

テープに二十億を巡る謎解きが入っているかもと、まだ薄い緊張を抱く。白いケースの中にも紙片が一枚入っていることに気付く。写真だった。若者が一人で微笑みを浮かべている。背後の壁は二面が障子で、たぶんこの五号室の四畳半だ。いつごろのものか目をこらすが、分からない。みていくほどに拍子抜けした。これは、謎の荷なんかではない。すぐにそう分かる、弛緩した表情のスナップだ。

服装が古臭くて時代が読めないし、肩をすぼめてこちらをみている若者が男か女かさえ確信を持てない。この若者が下手な網戸を取り付けたのかもしれない、水道の蛇口を取り替えたり、障子に穴を開けたり壁を焦がしたのかもしれない。

何人暮らしてきたか分からないが、ここで生活した歴代の者は皆、間違いなく自分よりも若かっただろう。自分が若いときからここに長く暮らしてきたような錯覚を十三は抱いた。写真の中の邪気のない表情の若者が、まるで自分であったような。

そのとき不意に、十三に直感した。二十億の男にもうこの世にいたいと。なぜな晴れ晴れとした直感だった。

振り向くと、「玄関の間」のドア、台所と六畳をつなぐ障子、すべてが開きっぱなしで、六畳間までを見通すことができた。

大家に封筒の送り主、かつてこの部屋で過ごした者たちが十三に対して放った言葉は一様に「懐かしい」だ。なんて簡単になるんだろう。

誰もかれも、すべての人が、簡単に生きたはずないのにな。

優しい音色で電話が鳴った。六畳間まで戻り、スマートフォンを開く。画面に白木と表示されていた。まだハイヤー運転手になって間もない、十三より三十歳以上も若い後輩で、なつかれている。

諸木さんって、キムタクもマイケル・ジャクソンも乗せたことあるんですよね、会った日に更衣室で誤った伝説を持ち出された。

「マイク・タイソンだよ。出来たばかりの東京ドームでさ」訂正した人名を白木は知らなかったくせに、尊敬の念だけは深められた。

「生きてますか」白木は必ずそういう。俺が孤独死してないかどうか勤務日じゃない日でも、たまに電話で生存確認してくれとお願いしてあるのだ。冗談めかしてだが、妻のこともあったから本気の用心でもある。何日も発見されず、腐乱して異臭を放ったりしては周囲に迷惑をかける。

「生きてる」十三は真面目に応じる。

「諸木さん、もうすぐですね」

「ああ」

「今度の送別会は、絶対に諸木さん泣かせてみせますからね！」

「楽しみにしてるよ」応戦する口調で言い返しながら、六畳間のアルミサッシの回転錠をぱちんと動かし、窓を開けた。半分ほど開けてみてから、迷いを払うように全開にした。

「諸木さんいなくなるの、なんか本当に寂しいですよ俺……」白木は感傷的な言葉を連ねている。

　スマートフォンを耳にあてたまま十三は玄関まで歩く。靴をつっかけてドアを開け放したまま外廊下まで出て、振り向いた。第一藤岡荘五号室に春の風が通り抜けるのを見届けて、十三は若い白木に告げた。

「今度、家に遊びにこいよ」

解説

村田沙耶香

「前の人」という不思議な言葉を、口にしたり、耳にしたりすることがある。賃貸で部屋を借りている人は（自分が最初の一人でない限りは）とても自然に、この言葉を使う。

「ああそれ、前の人が残していったカーテンなの。変な柄で嫌なんだけどね」

とか、

「前の人が置いていった物干し竿、台が低くて使いにくいんだよなあ」

とか、会ったことのないその人を、まるで良く知っているかのように言う。

「見てこれ、前の人がドアのこんなところに釘を打っちゃったの。どうしても抜けなくて、苛々するなあ！」

　こんな風に、会ったこともない「前の人」を憎み続けている友達もいる。もしかしたらそれは「前の前の前の人」の仕業（しわざ）かもしれないのだが、とにかく、顔も知らないのにふとした瞬間に、奇妙に生々しくその存在を感じる「前の人」。私にも郵便物が届いて名前を知っている「前の人」がいて、おそらく比較的若い男性だろうと、顔まで朧気に浮かんでいる。その人のことを、ふとしたときに思い出す。「あ、前の人も、台所の蛍光灯をLEDにしようとして挫折してる」などと、その人の残像と暮らしているような、不思議な感情が沸き上がる瞬間がある。

私も前の仕事部屋を引き払ってここを借りたので、誰かの「前の人」なわけだが、なぜだかその意識は薄い。だが今も、私が以前借りていた部屋では、私の残像を「前の人」と呼んでいる人が、きっといるのだろう。

この本は、そんな、口にしたことがないけれどよく知っている感情の向こう側にある世界を見せられるような、とても不思議な本だ。最初に読んだとき、小説とは、こんなことが可能なものだったのかと、息を呑んだ。何度読んでも、その驚きは色あせることなく、むしろ強まっているような気すらする。

ここからは、ネタバレを含むので、どうかこの小説を存分に楽しんで読み終えてからページを捲ってほしい。

物語は、第一藤岡荘の五号室を借りた歴代住民の一人である三輪密人が、引っ越しの日に「変な間取りだ」と思う場面から始まる。四元志郎、五十嵐五郎、六原睦郎・豊子夫妻、七瀬奈々……時を超えて、この部屋に住んだ人物が現れては消え、しかし「第一藤岡荘に住み始めた」ということだけを共有している。とても不思議な構造だと思う。

メモをとりながら本を読むと、一九六六年に住み始めた藤岡一平から、二〇一六年までこの部屋に住んだ諸木十三まで、十三世帯（一人暮らしをする住民が多いのだが、家族や友人と生活を共にした人もいるのでこの表記にする）が第一藤岡荘五号室で暮らしたのだということがわかる。

五十年という歳月と、十三世帯、子供や配偶者、友人を合わせると十七人の住民。これだけ聞くと、反射的に、「簡単に懐かしい」気持ちになってしまう人も多いかもしれない。けれど、この物語は決してそれだけではなく、もっと身近な奇妙さを感じさせる。

「身近な奇妙さ」とは変な言葉だが、そうとしか形容しようがない。日常の破片が、実は破片ではないことに気付かされるのだ。

子供の頃、今飲んでいる水の一滴が、本当は一滴ではなく、大きな海と繋がっていると、ふと想像したことがある人は多いのではないだろうか。今水道の蛇口から出てくる水は、少し前は雲だったかもしれない、誰かの体液だったかもしれない、ここにある一滴は本当はただの一滴ではないことを不意に思い出し、奇妙で、それなのに当然だと思いながら飲み込む。この本を読んだとき、日常の「ささやか」と呼んでいた瞬間に対して、同じような気持ちになった。

〈生きていて「なにも起こらない」なんてことは、本当はない。〉

霜月未苗の呟き[つぶや]が、読者の本の中にすとんと落ちてくる。「今日、なにもなかったな」と思っていた日常や景色が、長い時の流れや世界と繋がっていく。元から存在していたことに気が付いたというだけなのに、その平凡な奇跡は、日常が切断されたものではなく、接続されているということを知らせ、読者から見える景色の意味を静かに変えてしまう。

この小説にあまり大袈裟な言葉は使いたくないが、読者にそう感じさせるということは、本当に、平凡な奇跡としか言いようがない。その奇跡はとても淡々と起こる。私はこの本が、本当はとてつもないことを起こしているのに、ただの物体として（この小説を読むと、本も、物語が刻まれてはいるが、それ以上に物体であると強く感じる）存在していることが、なんだか怖くすらあるのだ。

そういう奇跡を実現させたのは、この作品の不思議な構造によるところも大きいと思う。この小説の中では、十三世帯の登場人物が、歳月の流れを感じさせながらも、同時に存在している。

例えば、雨の音。十畑保が「なんと立派な雨だれだ」と呟いた雨の音を、時を超えて、他の住民も聞いている。二瓶夫妻の息子、環太は「雨が降っていると五号室が建物ではない、乗り物のような気がした」と思う。

または、蛇口。「こんな古い家に似合わず」にレバー式であると七瀬奈々が感じた蛇口が、かつて回転式だったことがわかり、台所の引き出しの中から蛇口を発見した四元志郎は「拳銃のようだ」と妙に印象深く思う。

エアコン、ブレーカー、床のへこみ、お風呂の栓、いろいろなものを、時を超えながら住民たちが共有している。その描写を読んでいると、自分が「日常」と呼んでいる景色が、優しいナイフで切り開かれていき、読者である私はその内部に「本当はあるもの」を見せられているような気持ちになり、はっとさせられる。ここにあるのはファンタジーではなく、私たちの身近に、「本当はずっとある」奇妙さなのだ。

音や物体だけではなく、当然ながらその周辺には「文化」がある。第一藤岡荘五号室の中で、文化はゆっくりと変化している。例えば先にあげた蛇口で言えば、七瀬奈々が古い家には似合わないと思った蛇口は二瓶文子にとってはこだわりのものであったし、十畑保はレバーを下にさげると水が出るのを見て、「今は逆だ」と思う。そして彼らが持つ機器も変化する。諸木十三は障子紙の張り替えをスマートフォンの動画を見ながら行う。九重久美子はPHSの、霜月未苗は携帯電話の電波を求め、窓際で機器を見張る。

そしてテレビから流れてくるドラマ、CMの声、「キムタク」という存在の変化。諸木十三が〈世間は画期的には切り替わらない。徐々になのか段階的になのか、とにかく「気付けば移り変わっている」。〉というように、ある日突然革命が起きるわけではない。けれど、「今」は変化し続けているし、その周りには文化がある。「私、テレビも見ないし、音楽も聞かないし、本も読みません」という人の日常にも、文化は確実に宿っている。九重久美子が思うように、〈人は生きているとただそれだけで、知らないうちに思った以上に「生きている」。〉のだ。

この本は、読者の眼差しの距離を延ばす。「なんでもない日」と呼んでいた日常の破片の向こう側に広がっている世界へと、感覚が拡張していく。第一藤岡荘の第五号室の五十年間をじっと見つめているうちに、奇妙な想像に襲われる。この星自体が、第一藤岡荘五号室なのではないか、という想像だ。私たちは入れ替わり、ゆっくり変化しながら、これからも何千年も過ごしていく。それは特別なことではなく、私たちの人生に等しく宿っている、平凡な奇跡なのだと、この小説は教えてくれるのだ。

（むらた さやか／作家）

『三の隣は五号室』二〇一六年六月　中央公論新社刊

初出
「アンデル　小さな文芸誌」二〇一五年一月号～一〇月号

中扉絵・田幡浩一／デザイン・大島依提亜

中公文庫

三の隣は五号室

2019年12月25日　初版発行

著　者　長嶋　有

発行者　松田陽三

発行所　中央公論新社
〒100-8152　東京都千代田区大手町1-7-1
電話　販売　03-5299-1730　編集　03-5299-1890
URL http://www.chuko.co.jp/

DTP　嵐下英治
印　刷　三晃印刷
製　本　小泉製本

Published by CHUOKORON-SHINSHA, INC.
Printed in Japan　ISBN978-4-12-206813-1 C1193

各書目の下段の数字はISBNコードです。978－4－12が省略してあります。

中公文庫既刊より

ふ-46-1
増補版　ぐっとくる題名
ブルボン小林

一度聞いたら忘れられない、文学、漫画、音楽、映画等の「心に残る題名」のテクニックとは？　タイトル付けに悩むすべての人におくる、実用派エッセイ集。

206023-4

あ-80-1
あかりの湖畔
青山　七恵

湖畔に暮らす三姉妹の前に不意に現れた青年。運命の出会いが、封じられた家族の「記憶」を揺さぶって――人生の小さな分岐点を丹念に描く傑作長編小説。

206035-7

い-3-2
夏の朝の成層圏
池澤　夏樹

漂着した南の島での生活。自然と一体化する至福の感情――青年の脱文明、孤絶の生活への無意識の願望を描き上げた長篇デビュー作。〈解説〉鈴村和成

201712-2

い-3-3
スティル・ライフ
池澤　夏樹

ある日ぼくの前に佐々井が現われ、ぼくの世界を見る視線は変った。しなやかな感性と端正な成熟が生みだす青春小説。芥川賞受賞作。〈解説〉須賀敦子

201859-4

い-3-4
真昼のプリニウス
池澤　夏樹

世界の存在を見極めるために、火口に佇む女性火山学者。誠実に世界と向きあう人間の意識の変容を追って、小説の可能性を探る名作。〈解説〉日野啓三

202036-8

い-3-6
すばらしい新世界
池澤　夏樹

ヒマラヤの奥地へ技術協力に赴いた主人公は、人々の暮らしに触れ、現地に深く惹かれてゆく。人と環境の関わりを描き、新しい世界への光を予感させる長篇。

204270-4

い-3-8
光の指で触れよ
池澤　夏樹

土の匂いに導かれて、離ればなれの家族が行きつく場所は――。あの幸福な一家に何が起きたのか。『すばらしい新世界』から数年後の物語。〈解説〉角田光代

205426-4

い-115-1
静子の日常
井上荒野
おばあちゃんは、あなどれない——果敢、痛快、エレガント。75歳の行動力に孫娘も舌を巻く！　ユーモラスで心ほぐれる家族小説。〈解説〉中島京子
205650-3

い-115-2
それを愛とまちがえるから
井上荒野
愛しているなら、できるはず？　結婚十五年、セックスレス。妻と夫の思惑はどうしようもなくすれ違って……。切実でやるせない、大人のコメディ。
206239-9

お-51-1
シュガータイム
小川洋子
わたしは奇妙な日記をつけ始めた——とめどない食欲に憑かれた女子学生のスタティックな日常、青春最後の日々を流れる透明な時間をデリケートに描く。
202086-3

お-51-2
寡黙な死骸 みだらな弔い
小川洋子
鞄職人は心臓を採寸し、内科医の白衣から秘密がこぼれ落ちる…時計塔のある街で紡がれる密やかで残酷な弔いの儀式。清冽な迷宮へと誘う連作短篇集。
204178-3

お-51-3
余白の愛
小川洋子
耳を病んだわたしの前に現れた速記者Y、その特別な指に惹かれたわたしが彼に求めたものは。記憶と現実の危ういはざまを行き来する、美しく幻想的な長編。
204379-4

お-51-4
完璧な病室
小川洋子
病に冒された弟と姉との最後の日々を描く表題作、海燕新人文学賞受賞のデビュー作「揚羽蝶が壊れる時」ほか、透きとおるほどに繊細な最初期の四短篇収録。
204443-2

お-51-5
ミーナの行進
小川洋子
美しくて、かよわくて、本を愛したミーナ。あなたとの思い出は、損なわれることがない——懐かしい時代に育まれた、ふたりの少女と、家族の物語。谷崎潤一郎賞受賞作。
205158-4

お-51-6
人質の朗読会
小川洋子
慎み深い拍手で始まる朗読会。耳を澄ませるのは人質たちと見張り役の犯人、そして……。しみじみと深く胸を打つ、祈りにも似た小説世界。〈解説〉佐藤隆太
205912-2

各書目の下段の数字はISBNコードです。978-4-12が省略してあります。

か-61-2 **夜をゆく飛行機** 角田光代

谷島酒店の四女里々子には「ぴょん吉」と名付けた弟がいて……うとましいけれど憎めない、古ぼけてるから懐かしい家族の日々を温かに描く長篇小説。

205146-1

か-61-3 **八日目の蟬（せみ）** 角田光代

逃げて、逃げて、逃げのびたら、私はあなたの母になれるだろうか……。心ゆさぶるラストまで息もつがせぬ傑作長編。第二回中央公論文芸賞受賞作。〈解説〉池澤夏樹

205425-7

か-61-4 **月と雷** 角田光代

幼い頃暮らしをともにした見知らぬ女と男の子。再び現れたふたりを前に、泰子の今のしあわせが揺らいで……偶然がもたらす人生の変転を描く長編小説。

206120-0

か-57-1 **物語が、始まる** 川上弘美

砂場で拾った〈雛型〉との不思議なラブ・ストーリーを描く表題作ほか、奇妙で、ユーモラスで、どこか哀しい四つの幻想譚。芥川賞作家の処女短篇集。

203495-2

か-57-2 **神様** 川上弘美

四季おりおりに現れる不思議な生き物たちとのふれあいと別れを描く、うららでせつない九つの物語。ドゥ・マゴ文学賞、女流文学賞受賞。

203905-6

か-57-4 **光ってみえるもの、あれは** 川上弘美

いつだって〈ふつう〉なのに、なんだか不自由……。生きることへの小さな違和感を抱えた、江戸翠、十六歳の夏。みずみずしい青春と家族の物語。

204759-4

か-57-5 **夜の公園** 川上弘美

わたしいま、しあわせなのかな。寄り添っているのに、届かないのはなぜ。たゆたい、変わりゆく男女の関係をそれぞれの視点で描き、恋愛の現実に深く分け入る長篇。

205137-9

か-57-6 **これでよろしくて？** 川上弘美

主婦の菜月は女たちの奇妙な会合に誘われて……夫婦、嫁姑、同僚。人との関わりに戸惑いを覚える貴女に好適。コミカルで奥深いガールズトーク小説。

205703-6